CATALOGUE

DE

BEAUX LIVRES ANCIENS

ORNÉS DE GRAVURES

PROVENANT DES

BIBLIOTHÈQUES DE MM. R*** & M***

DONT LA VENTE AURA LIEU

Le Lundi 26 Janvier 1880 et jours suivants

A DEUX HEURES PRÉCISES

Hôtel des Commissaires-Priseurs, rue Drouot, 9

SALLE N° 3, AU PREMIER

Par le ministère de Me MAURICE DELESTRE, commissaire-priseur,
Successeur de M. DELBERGUE-CORMONT
Rue Drouot, 27.

PARIS
ADOLPHE LABITTE
LIBRAIRE DE LA BIBLIOTHÈQUE NATIONALE
4, rue de Lille, 4

1880

Paris. — Typ. G. Chamerot, 19, rue des Saints-Pères. — 8952.

CATALOGUE

DE

BEAUX LIVRES ANCIENS

ORNÉS DE GRAVURES

PROVENANT DES

BIBLIOTHÈQUES DE MM. R*** & M***

DONT LA VENTE AURA LIEU

Le Lundi 26 *Janvier* 1880 *et jours suivants*

A DEUX HEURES PRÉCISES

Hôtel des Commissaires-Priseurs, rue Drouot, 9

SALLE N° 3, AU PREMIER

Par le ministère de Me MAURICE DELESTRE, commissaire-priseur,
Successeur de M. DELBERGUE-CORMONT
Rue Drouot, 27.

PARIS
ADOLPHE LABITTE
LIBRAIRE DE LA BIBLIOTHÈQUE NATIONALE
4, rue de Lille, 4

1880

CONDITIONS DE LA VENTE

La vente se fait au comptant.

Les acquéreurs paieront 5 pour 100 en sus des enchères applicables aux frais.

Il y aura exposition chaque jour, de 1 à 2 heures.

Les ouvrages sont garantis complets et en bon état. Ils devront être collationnés dans les vingt-quatre heures de leur adjudication. Passé ce délai, ou une fois sortis de la salle de vente, ils ne seront repris pour aucune cause.

Le libraire chargé de la vente remplira les commissions des personnes qui ne pourraient y assister.

Les deux portions de bibliothèques fondues dans ce catalogue comprennent quelques grands ouvrages qu'il est bon de citer.

5. La Sainte Bible, *Mame*, 2 vol. in-fol. maroquin (*Capé*).
10. Quadrains de la Bible, 1560. *Figures du Petit-Bernard.*
24. Heures ; avec gravures sur bois attribuées à *Geoffroy Tory.*
27. Heures à l'usage de Sens.
88. Histoire des variations, par Bossuet, 1688. 2 vol. in-4 maroquin. (*Anc. rel.*)
99. Les Grandes Coutumes de France, 1519. In-4 gothique.
117. Montaigne, 1588. In-4.
119. Montaigne, 1659. 3 vol. in-12.
186. Galerie Poullain, 1781. In-4 non rogné.
191. Ornements inventez par Bérain.
198. Monographie de la cathédrale de Bourges, 1841. Grand in-folio.
209. L'Europe illustre.
238. Almanach et Grotesque, Recueil factice de 117 planches du temps de Louis XIV.
244. Clande le Jeune. Musique, 1598-1603. In-8 oblong.
264. Virgile, 2 vol. in-fol. *Figures ajoutées.*
266. Les Bucoliques, in-folio. *Figures ajoutées.*
275. Ovide de l'abbé Banier, 4 vol. in-4 v. fauve. (Premier tirage.)
294. Le Roman de la Rose, *sans date.* In-folio gothique
297. Les Faictz de maistre Alain Chartier, *Galiot du Pré*, 1526. In-folio gothique.
298. Les Faictz de Me Jehan Molinet, 1531. In-folio.
300. Marguerites de la Marguerite, 1547.
332. Fables de la Fontaine, *Figures d'Oudry.* 4 vol. in-folio, maroquin. (*Anc. rel.*)
340. Contes de la Fontaine, 1762. 2 vol. in-8.
346. Voltaire. La Henriade, 1790. In-4. Exemplaire unique sur VELIN, *figures de Moreau* avant la lettre.
359. Les Baisers, 1770. In-8 papier de Holl. *Figures d'Eisen.*

360. Fables nouvelles, 1773. 2 vol. in-8 pap. de Holl. *Figures de Marillier.*
363. Recueil des meilleurs contes, 4 vol. in-18,
369. Les Saisons, 1796. In-4. Exemplaire sur VÉLIN.
387. Chansons de La Borde.
402. Corneille, 1668. 7 vol. in-12.
404. Corneille, 1689. 9 vol. in-12 maroquin (*Anc. rel.*)
408. Racine, 1687. 2 vol. in-12.
409. Racine, 1697. 2 vol. in-12.
415. Esther. — Musique d'Esther. — Athalie, 3 vol. in-4. (*Éditions originales*).
421. Molière, 1773. 6 vol. in-8, *mar. anc.*
441. Daphnis et Chloé, 1718.
442. Daphnis et Chloé, 1800. Gr. in-4 PEAU VÉLIN. Dessins et figures ajoutées.
453. Rabelais, 1663. 2 vol. in-12 maroquin.
454. Rabelais, 1741, 3 vol. in-4.
470. Zayde, 1670. 2 vol. pet. in-8. *Édition originale.*
489. Manon Lescaut, 1753. 2 vol. in-12. *Figures.*
491. Romans de Voltaire, 1824. 2 vol. in-8. *Figures ajoutées.*
499. Le temple de Gnide, 1772. Gr. in-8.
509. Faublas, 4 vol in-8. *Figures et eaux-fortes.*
570. Collection du Dauphin, 18 vol. in-18, mar. r. (*Derome*)
582. Le Grant Voyage de Hierusalem, 1522. In-4.
590. Plutarque d'Amyot, 14 vol. in-8 maroquin.
606. Froissart, 1518. 3 vol. in-fol. gothique.
607. Monstrelet, 1518. 3 vol. in-fol. goth.
631. Mémoires de Colbert, 1699-1790. Manuscrit.
652. Le Paradis delicieux de la Touraine, 1660. In-4.
671. L'Égypte. 23 vol. in-folio.
675. L'Académie des Inscriptions, 50 vol. in-4 maroquin.
688. Le Musée royal, 2 vol. in-fol. *Figures* avant la lettre.

CATALOGUE

DE

BEAUX LIVRES ANCIENS

ORNÉS DE GRAVURES

PROVENANT DES

BIBLIOTHÈQUES DE MM. R*** & M***

THÉOLOGIE

1. Biblia, ad vetustissima exemplaria castigata. *Antuerpiæ, apud viduam et hæredes Johannis Stelsii, an.* 1572. In-8, mar. r. milieux, dos et coins ornés, tr. dor. (*Riche reliure du* XVIe *siècle.*)

Jolie édition, bien imprimée en caractères italiques à deux colonnes.
Bel exemplaire réglé.

2. Historie des Ouden en Nieuwen Testaments, etc. *T'Amsterdam, by Pieter Mortier,* 1700. 2 vol. in-fol. mar. r. comp. dorés sur les plats, tr. dor. (*Reliure ancienne.*)

Bonnes épreuves.
Tirage avant les clous.
Exemplaire sur GRAND PAPIER.

3. La Sainte Bible, qui contient le Vieux et le Nouveau Testament, édition faite sur la version de Genève, avec des notes par Sam. et Henri Des Marets. *A Amsterdam, chez L. et D. Elzevier,* 1669. 2 forts vol. in-fol. front. gr. et cartes, veau gris, fil. dent. à froid sur les plats, tr. peigne, coins avec fermoirs en cuivre doré. (*Petit, succ^r de Simier.*)

Cette Bible est très-remarquable par sa belle exécution typographique.
Le frontispice est remonté.

4. La Sainte Bible, traduite sur les textes originaux, avec les différences de la Vulgate. *A Cologne*, 1739. In-8, mar. r. dent. sur les plats, tr. dor. (*Reliure ancienne.*)

Édition à deux colonnes imprimée en très-petits caractères.

5. La Sainte Bible, traduction nouvelle selon la Vulgate, par MM. J.-J. Bourassé et P. Janvier, dessins de Gust. Doré, ornementation du texte par H. Giacomelli. *Tours, Alf. Mame*, 1866. 2 vol. in-fol. mar. r. fil. et large dent. int. doublés de soie verte, dos orné, tr. dor. étuis doublés de peau. (*Capé.*)

6. Pseaumes de David, traduction nouvelle selon l'hébreu. Seconde édition, reveuë et corrigée. *A Paris, chez P. Le Petit*, 1670. In-12 front. gr. mar. vert, large dent. sur les plats, dos orné, doublé de mar. citr. tr. dor. (*Reliure ancienne.*)

Exemplaire réglé.

7. Les Psaumes de David, mis en rime françoise par Clément Marot et Th. de Bèze. *Se vendent à Charenton, par Ant. Cellier*, 1681. In-12, musique notée, mar. r. riches comp. sur les plats, dos orné, tr. dor. (*Reliure ancienne.*)

Riche reliure, bien conservée.
De la bibliothèque de M. Emm. Martin.

8. Job ou sa véritable généalogie : Au discours de laquelle on voit comme il est descendu de Nachor selon les Hébrieux et S. Hierosme, qu'il espousa Dina fille de Jacob suiuant Philon : Et ne fut jamais des descendants d'Esaü : ny contemporain de Moïse : Contre l'opinion commune. Par Jacques d'Auzoles Lapeire fils de Pierre d'Auzoles et de Marie de Fabry d'Auuergne. *A Paris, chez R. Daufresne et Guill. Loyson*, 1623. In-8, mar. r. fil. tr. dor. (*Rel. anc.*)

Bonne reliure du commencement du XVIIe siècle.

9. Historiarum memorabilium ex Genesi descriptio,

per Gulielmum Paradinum. — Historiarum memorabilium ex Exodo, per Gulielmum Borluyt. *Lugduni, apud Joan. Tornæsium*, 1558. 2 part. en 1 vol. pet. in-4, figures sur bois, veau ant.

Édition latine des Quadrins de la Bible.
Elle contient plus de figures que l'édition originale. Bonnes épreuves des gravures.

10. Quadrins historiques de la Bible (par Claude Paradin), reveuz et augmentez d'un grand nombre de figures. *Lion, Jan de Tournes*, 1560. In-8, figures sur bois, mar. r. dent. int. fil. à froid. tr. dor. (*Niedrée.*)

Figures de la Bible de Bernard Salomon, dit le *Petit Bernard.*
Les feuillets C. 1. D. 2, et le titre ont des raccommodages.
Exemplaire Yemeniz.

11. Le Nouveau Testament de Notre-Seigneur Jésus-Christ, traduit en françois selon l'édition Vulgate, avec les différences du grec. Seconde édition. *A Mons, chez Gaspard Migeot*, 1667. In-12 front. gr. mar. la Vall. jans. tr. dor. (*Capé.*)

Cette célèbre traduction, dite de Port-Royal, a été l'objet d'une violente controverse entre les jansénistes qui la défendaient, soutenus par Arnauld et P. Nicole, et l'archevêque de Paris, Hardoin de Péréfixe, qui en interdit la vente et la lecture en 1667, en même temps qu'elle était condamnée par un arrêt du Conseil d'Etat en date du 22 novembre de la même année, et un bref du pape Clément IX, daté de Rome, 20 avril 1668.
Il y a eu plusieurs éditions de ce livre recherché et estimé ; celle-ci se compose de 20 pp. prélim. y compris le titre, 412 pp. du texte imprimées à deux colonnes et 4 ff. pour la table.
Le frontispice est remonté.

12. Le Nouveau Testament de Nostre-Seigneur Jésus-Christ, traduit en françois selon l'édition Vulgate, avec les différences du grec. *A Mons, chez Gaspard Migeot*, 1668. 2 part. en 1 vol. in-12 front. gr. mar. noir, doublé de mar. r. tr. dor. (*Rel. anc.*)

Exemplaire réglé, au chiffre du R. P. Le Roy, sur le dos et aux angles des plats.
Bonne reliure ancienne.
Il manque la table du Nouveau Testament.

13. Le Nouveau Testament de Nostre-Seigneur Jésus Christ, traduit en françois selon l'édition Vulgate, avec les différences du grec. Troisième édition. *A Lyon, chez Cl. Prost*, 1667. 2 vol. pet. in-8, front. gr. mar. r. fil. tr. dor. (*Reliure ancienne.*)

Bel exemplaire réglé.

14. Le Nouveau Testament en françois, avec des réflexions morales sur chaque verset, pour en rendre la lecture plus utile, et la méditation plus aisée. Imprimé par l'ordre de Monseigneur l'Evêque et comte de Châlons, pair de France, et approuvé par Son Éminence Monseigneur le Cardinal de Noailles, archevêque de Paris, nouvelle édition. *A Paris, chez André Pralard*, 1705. 4 vol. in-8 front. gr. mar. r. doublé de mar. r. fil. tr. dor. (*Reliure ancienne.*)

Exemplaire très-grand de marges, réglé. Bonne reliure ancienne, doublée.

15. Le Nouveau Testament de Nostre-Seigneur Jésus-Christ, traduit sur l'ancienne édition latine, corrigée par le commandement du Pape Sixte VI et publiée par l'autorité du Pape Clément VII, par le R. P. D. Amelote. *Paris, J. Hérissant*, 1709. 2 vol. in-12 mar. citr. larges dent. sur les plats et à l'intérieur, doublés de mar. vert, tr. dor. (*Reliure ancienne.*)

Bel exemplaire réglé.

16. Le Nouveau Testament en françois, avec des réflexions morales sur chaque verset... *A Amsterdam, chez Jos. Nicolai*, 1727. 8 vol. in-12, mar. noir, dentelle à froid, tr. dor. (*Rel. anc.*)

Ex libris de Mme la princesse de Guémené.
Exemplaire réglé. Bonne reliure ancienne.

17. Le Nouveau Testament de Nostre-Seigneur Jésus-Christ, traduit en françois, avec des notes littérales pour en faciliter l'intelligence. *Paris, Dessaint et Saillant*, 1752. 2 vol. in-12 mar. r. fil. tr. dor. (*Rel. anc.*)

Exemplaire aux armes de Marie Leczinska, femme de Louis XV.

Cette traduction est de *Mésanguy*, et a d'abord paru à *Paris, chez Cottin et Desaint*, 1729. In-12.

Cette édition de 1752 est divisée en trois parties que l'on a reliées en deux volumes en mettant 146 pages de la première partie du tome II à la fin du tome Ier.

18. Notationes in totam Scripturam Sacram : quibus omnia fere loca difficilia brevissime explicantur, tum variæ ex hebræo, chaldæo, et græco lectiones indicantur, opus omnibus Scripturæ studiosis utilissimum, certe a plurimis multumque desideratum. Auctore Emmanuele Sa. *Moguntiæ, sumptibus Joannis Kinckij. Sub Monocerote, excudebat Balthasarus Lippius*, 1610. Pet. in-fol. mar. vert. fil. tr. dor. (*Rel. anc.*)

Exemplaire aux armes et au chiffre de Charles duc d'Angoulême, fils naturel de Charles IX et de Marie Touchet. Mouillures.

19. Lexposition de levangile *Missus est*, de nouveau faicte et imprimée, contenant le mystère de la réparation de nature humaine. *On les vend a Paris en la rue Sainct Jaques a l'enseigne de la Licorne et a l'enseigne de la fleur de lys*, 1538. (A la fin :) *Cy finissent six homelies : esquelles est contenu le Mystère de lincarnation... nouuellement composées par M. J. M., docteur en théologie... Imprimé à Paris par Jolande Bonhomme veufue de Thielman Kerver... Et ont este acheuz le dix septiesme jour du moys de janvier mil cinq cens trente et neuf*. In-8 gothique, figures sur bois (marque de Jehan Petit) mar. vert, fil. tr. dor. (*Kœhler*.)

Prologue : *A tres deuotes religieuses, tres cheres et bien aymées filles, mère abbesse et couuent du Val-de-Grâce, Jacques Merlin, docteur en théologie.*

Exemplaire Yemeniz.

Piqûres de vers.

20. Der Text des Passions oder lydens christi ausz den vier euangelisten zusammen yn eyn synn bracht mitte schönen figuren. (A la fin :) *Getruckt von Joannes Knoblouch zu Strasburg In dem jar als man zalt* 1509. In-fol. gothique, de 34 ff. vélin.

Ce volume contient 26 grandes gravures, portant le monogramme V. G., qui est celui d'un artiste strasbourgeois, élève de Martin Schön, qu'on avait confondu à tort avec Urse Graf, mais que M. Passavant a signalé (t. II, p. 140). On croyait autrefois à Bâle qu'il se nommait Urse Gamberlein. (*Note extraite du Catalogue de M. Ambr. F.-Didot*, 1879.)

21. La Passion de Notre-Seigneur Jésus-Christ d'après la concorde des quatre évangélistes. Henri Golzius, peintre et graveur du XVIe siècle. *Paris, L. Curmer*, 1860. Pet. in-fol. photog. et chromo. mar. br. jans. gardes en soie, tr. dor.

Reproduction photographique des estampes de Goltzius.

22. Divinitas Domini nostri Jesu Christi, manifesta in scripturis et traditione. Opus in quatuor partes distributum..., operâ et studio unius ex monachis Congregationis Sancti Mauri. *Parisiis, typis Jacobi Francisci Collombat*, 1746. In-fol. mar. r. large dent. sur les plats, dos orné, tr. dor. (*Rel. anc.*)

Très-bel exemplaire dans une riche reliure aux armes d'un cardinal.

23. La Vie de Jésus-Christ, par M. l'abbé de Saint-Réal. *A Paris, chez R. Pepie*, 1686. In-4 front. gr. et carte, mar. r. fil. comp. à la du Seuil, tr. dor. (*Rel. anc.*)

Exemplaire aux armes de France. On remarque sur le dos le chiffre C enlacé au milieu des fleurs de lis.

---

24. Ces présentes Heures a l'usaige de Paris toutes || au long sans reqrir : auec les figures ⁊ signes de lapo || calipse : la vie de thobie ⁊ de iudic || les accidẽs de Lhõ || me le triũphe de cesar || les miracles nostre dame : || *ont este faictes a Paris pour Simõ Vostre libraire* || *demourãt en la rue neufue a lẽseigne s. iehã leuãgel.* || (*Calendrier de* 1515 *à* 1530.) In-8 de 136 ff. A à B par 8, D par 4, E. O par 8, O répété par 4, ã. ẽ. ĩ. par 8, vélin.

Exemplaire unique de ce curieux livre d'heures, dont M. Bernard fait la description suivante dans le Catalogue des Gravures de Tory, 1515 : « Je placerai ici en premier lieu une édition des Heures de Simon Vostre, sans date, mais avec une table de Pâques allant de 1515 à 1530. Ce livre dont l'unique exemplaire que j'aie vu appartient à M. Niel, bibliothécaire du ministre de l'intérieur, renferme 3 charmantes gravures signées, la première d'un simple G., la seconde et la troisième d'un G dans lequel est un petit F., ce qui signifie, je crois, *Godofredus faciebat* ou *fecit*. Peut-être n'est-ce pas Tory qui a gravé ces bois, mais il est évident qu'ils l'ont été sur ses dessins, car nous retrouvons là les qualités et les défauts du peintre Godefroy et de Tory. Le livre de M. Niel (ce sont des *Heures à l'usage de Paris*) nous offre trois sortes de gravures bien différentes : 1° les vieux bois gothiques (parmi lesquels il faut ranger la Danse des morts, à fond criblé), qui figurent déjà dans les éditions données par Simon Vostre, dans le XV° siècle ; 2° 11 grands sujets dans le genre de la Renaissance, qui paraissent dans ses éditions des 1507, et qu'on pourrait attribuer à Jean Perréal, le maître de Tory ; 3° enfin les trois sujets en question, qui ne paraissent qu'en 1514 ou 1515. Ces sujets sont : 1° *L'Annonciation aux Bergers*, signée de la lettre G ; 2° *L'Adoration des Mages ;* 3° *La Circoncision*. Ces deux dernieres signées du G et de l'F. Le G est encore un peu gothique, mais la seconde lettre est parfaitement romaine. Peut-être est-ce à ces gravures que nous devons attribuer la prédilection que Tory montre depuis pour les Heures dont il publia, comme nous verrons, plusieurs éditions en différents formats, et avec un nombre considérable de bois gravés par lui-même. »

Le verso du f. 129 et le recto du f. 130 sont un peu effacés.

25. Horæ in laudem beatissimæ Virginis Mariæ, ad usum Romanum. *Lugd., apud Mathiam Bonhomme*, 1550. In-8, cart. r. v. f. à compartiments peints, filets tr. dor. (*Reliure du* XVI° *siècle.*)

Exemplaire imprimé sur papier avec encadrements variés à chaque page. Ce beau volume est orné de planches de la grandeur des pages. Il se termine par des prières en français au bas desquelles on lit : *Prohibitum est legere sub pena excommunicationis.*

La reliure a été restaurée.

26. Heures de la Conception de la Bienheureuse Vierge et Sacrée Marie, 1570. In-4, mar. br. jans. (*Capé.*)

Manuscrit sur papier imitant l'impression gothique. Il est orné de grandes lettres à fonds criblés.

27. Heures a lusage de Sens. *Imprimées à Troyes par Jehan du Ruau* (Almanach de 1593 à 1608). In-8, caract. goth. v. f. doré en plein tr. dor. (*Reliure de la fin du* XVI° *siècle.*)

Exemplaire sur papier. Ces Heures sont les dernières où l'on se soit servi des caractères gothiques. Il y a une petite figure en tête de chaque mois du calendrier.

On a relié à la fin du volume *Le formulaire des prières catholiques, par Jean Robert, religieux de l'ordre de la Charité Nostre-Dame. Troyes, Jean du Ruau*, 1591.

28. Pontificale Romanum...... 2 vol. gr. in-8, maroquin noir à compartiments dorés. (*Reliure du*

XVIe *siècle dont les riches dessins sont différents pour chaque volume.*)

Manuscrits du commencement du XVIe siècle SUR VÉLIN. Ils sont ornés de nombreuses initiales peintes, en or et en couleurs. Ces volumes, d'une très-belle conservation, ont appartenu aux Capucins de Langres et ont été vendus en 1791.

29. Le Bréviaire Romain, en latin et en françois, suivant la réformation du S. Concile de Trente, imprimé par le commandement du Pape Pie V, revû, premièrement corrigé par Clément VIII et depuis Urbain VIII, divisé en quatre parties. *A Paris, chez Denys Thierry,* 1688. 4 vol. in-8, front. gr. à chaque volume, mar. r. dos orné, fil. doublé de mar. r. dent. tr. dor. (*Reliure ancienne.*)

Magnifique édition. Exemplaire réglé.

30. Les Sainctes Prières de l'ame chrestienne escrittes et grauées aprés le naturel de la plume par P. Moreau, Me Escriuain Juré. *A Paris,* 1632. in-12, titre et texte gravé, figures et jolis encadrements, mar. r. dent. sur les plats, comp. dos orné, tr. dor. (*Reliure ancienne.*)

31. L'Office de la semaine saincte, corrigé de nouveau par le commandement du Roy, conformément au bréuiaire et missel de nostre S. P. le Pape Urbain VIII. *Paris, Anthoine Ruette, relieur ordinaire du Roy,* 1661. In-8, réglé, front. gr. mar. r. riches compartiments sur les plats, tr. dor. (*Rel. anc.*)

Joli volume, de toute fraicheur. Riche dorure au pointillé, dans le genre de Le Gascon.

Exemplaire de M. Quentin-Bauchart.

32. Heures nouvelles dédiées à Monseigneur Dauphin, écrites et gravées par Elisabeth Senault. *A Paris, chez de Hansy, s. d.* Pet. in-12, portr. mar. r. dent. sur les plats, tr. dor. (*Rel. anc.*)

33. L'Office de la Semaine Sainte, en latin et en françois, selon le Missel et le Bréviaire Romain, et le nouveau Missel et Bréviaire de Paris, avec

des réflexions et méditations, prières et instructions pour la Confession et Communion, dédié à la Reine, pour l'usage de sa Maison. *A Paris, chez J.-Bapt. Garnier*, 1752. In-8, mar. r. large dent. sur les plats, tr. dor. (*Rel. anc.*)

Exemplaire de dédicace, aux armes de Marie Leczinska, femme de Louis XV.

34. Le Tableau de la croix représenté dans les cérémonies de la Sainte Messe, ensemble le trésor de la déuotion aux souffrances de N.-S. J.-C., le tout enrichi de belles figures. *A Paris, chez Mazot*, 1651. In-8, titre gr. portr. et figures, mar. la Vall. fil. à fr. tr. dor.

Jolies figures, finement gravées. La première est signée *J. Collin.* Piqûres de vers aux derniers feuillets.

---

35. Sancti Joannis Damasceni Opera, multo quam unquam antehac auctiora, magnaque ex parte nunc de integro conversa per D. Jacobum Bilium Prunæum. *Parisiis, G. Chaudière*, 1577. In-fol. mar. r. fil. (*Rel. anc.*)

Exemplaire aux armes et chiffre de J.-B. Colbert.

36. Histoire de Baarlam et de Josaphat, roy des Indes, composée par sainct Jean Damascène et traduite par F. Jean de Billy. *Paris, Guill. Chaudière*, 1574. In-12, mar. la Vall. jans. tr. dor. (*Niedrée.*)

Très-rare.

37. Lettres de saint Ambroise, traduites en françois, avec des notes historiques et critiques, par le Père Duranti de Bonrecueil. *Paris, J.-B. Delespine*, 1741. 3 vol. in-12, mar. vert, fil. tr. dor. (*Rel. anc.*)

Exemplaire aux armes d'Anne-Bénigne-Fare-Thérèse de Beringhen, fille du marquis de Beringhen, premier écuyer de Louis XIV, et de Madeleine-Élisabeth-Fare d'Aumont, et veuve du marquis de Vassé.

A l'intérieur des volumes se trouve l'ex-libris de la comtesse de Jousac.

38. Traitté de saint Cyprien, des deux sortes de martire, escrivant à Fortunat, traduit de latin en françois par Gilbert Dert, de Bourges en Berry. *S. l.*, 1561. In-8, mar. bl. fil. tr. dor. (*Chambolle-Duru.*)

Ni les biographes, ni les bibliographes ne font mention de cet ouvrage ni de sa traduction.

39. Les Lettres de S. Augustin, traduites en françois, revües, corrigées et augmentées avec des notes, par M. Dubois. *Paris, Le Mercier*, 1737. 6 vol. in-12, mar. vert, fil. tr. dor. (*Rel. ancienne.*)

40. Incipit tractatus sancti thome de aq̃no ordi || nis fratꝝ p̃dicatoꝝ de corpe cristi : — De Sacramento — Incipit intellectꝰ sup oracōne dñica : *S. l. n. d.* Pet. in-4, gothique, de 30 ff. à 27 lignes par page pleine, demi-rel. bas. ant.

Ce traité commence par un feuillet signé a. ij. (Voir Hain. N° 1372.)

---

41. Les Provinciales, ou les Lettres écrites par L. de Montalte à un provincial de ses amis, et aux R. R. P. P. Jésuites : sur le sujet de la morale et de la politique de ces Pères. *A Cologne, chez P. de La Vallée*, 1657. In-4, mar. r. jans, dent. int. tr. dor. (*Chambolle-Duru.*)

Édition originale des Lettres provinciales publiées clandestinement en 18 lettres séparées du 23 janvier 1656 au 24 mars 1657.

Bel exemplaire avec **le titre général** à toutes les marges, et avec témoins nombreux.

42. Les Provinciales, ou Lettres écrites par Louis de Montalte à un provincial de ses amis et aux R.R. P.P. Jésuites sur la morale et la politique de ces pères, avec les notes de Guill. Wendrock, traduites en françois. *Amsterdam*, 1734. 3 vol. in-12 front. gr. et portr. mar. r. tr. dor. (*Rel. ancienne.*)

Bel exemplaire réglé, orné d'une très-bonne reliure ancienne, fraîche et bien conservée.

43. La Morale des Jésuites, extraite fidèlement de

leurs livres imprimez avec la permission et l'approbation des supérieurs de leur compagnie, par un docteur de Sorbonne (Nic. Perrault). *A Mons, chez la vefve Waudret*, 1667. In-4, mar. r. fil. comp. à la Du Seuil, tr. dor.

Exemplaire aux armes du comte d'HOYM.
Mouillures.

44. La Manière de se bien préparer à la mort par des considérations sur la Cène, la Passion et la mort de Jésus-Christ, avec de très-belles estampes emblématiques, expliquées par M. de Chertablon. *A Anvers, chez G. Gallet*, 1700. In-4, figures, chag. n. fil. à fr. NON ROGNÉ.

Superbe exemplaire avec les 42 figures de Romain de Hooghe, provenant de la bibliothèque de M. Desq. Rare en cette condition.

45. Conduite d'une dame chrétienne pour vivre saintement dans le monde (par Duguet). *A Paris, chez Jacques Estienne*, 1730. In-12, mar. r. fil. tr. dor. (*Rel. anc.*)

Cet ouvrage a été composé pour Anne Lefèvre d'Ormesson, épouse du chancelier d'Aguesseau.

46. Deux Traictez ou opuscules, l'un en forme de remonstrance, *de non conveniendo cum hæreticis*, l'autre par forme de cõseil et aduis, *de non ineundo cum muliere hæretica a viro catholico coniuge*. Ausquels est montré par la parolle de Dieu et probatiõs catholiques, que la frequẽtation avec les heretiques et le mariage avec une Huguenotte est interdit et defendu aux catholiques, et des inconuenients qui s'en ensuyuent. Dédiés à Monsieur d'Entragues, gouverneur d'Orléans, par F.-M. Hylaret Engoulmoisin, C. T. Préd. Ord. audit lieu. *A Orléans, chez Olivier Boynard*, 1587. In-8, mar. la Vall. jans. tr. dor. (*Hardy*.)

Bel exemplaire de cet ouvrage rare, non cité au *Manuel*.

47. De l'Immortalité de l'âme, représentée par preuves certaines et par les fruicts excellens de

son vray usage, par Jean de Serres. Discours autant necessaire comme le temps est corrompu. *A Lyon, et se vendent à Paris, chez Guill. Auvray*, 1596. In-8, mar. grenat, fil. tr. dor. (*Petit, succ' de Simier.*)

48. Response au livre de Monsieur l'évesque de La Vaur intitulé examen et jugement du liure de la Fréquente Communion, etc. *S. l.*, 1644. In-4, mar. r. fil. comp. à la Du Seuil. (*Rel. anc.*)

49. La Perpetuité de la foy de l'Eglise catholique touchant l'Eucharistie, deffendue contre le livre du sieur Claude, ministre de Charenton. *A Paris, chez Ch. Savreux*, 1669. In-4, mar. r. fil. comp. à la Du Seuil, tr. dor. (*Rel. anc.*)

50. Instruction sur les estats d'oraison, où sont exposées les erreurs des faux mystiques de nos jours : avec les actes de leur condamnation, par messire Jacques-Bénigne Bossuet. *Paris, chez J. Anisson*, 1697. In-8, mar. r. fil. dos orné, tr. dor. (*Rel. anc.*)

Édition originale. Bel exemplaire très-grand de marges.
Ex libris du Dr Ant. Danyau.

51. La Théologie françoise, où l'on traite de Dieu et de ses attributs, de la Trinité et de la création de l'ange, de l'homme, de l'Incarnation, de la foy et des sacremens, en général et en particulier, par Georges Quantin. *Paris, Ch. Angot*, 1669. 2 part. en 1 vol. in-8, mar. r. fil. dos orné, tr. dor. (*Belle reliure ancienne.*)

Exemplaire réglé aux armes du cardinal Bonzi, avec son chiffre aux coins des plats.

52. Lettres sçavantes sur les grandeurs de Dieu, composées par le sieur Demaizière. *Lyon, Fr. Comba*, 1679. 3 vol. in-12, mar. r. fil. coins fleurdelisés, tr. dor. (*Rel. anc.*)

Bel exemplaire réglé, aux armes de la reine MARIE-THÉRÈSE D'AUTRICHE, femme de Louis XIV. On a jointau premier volume deux beaux portraits de Louis XIV et de Marie-Thérèse, publiés par Landry, en 1676.

53. Traité de la Nature et de la Grâce, par M. Malebranche. *A Amsterdam, ches D. Elsevier (la Minerve)*, 1680. — Eclaircissement, ou la suite du Traité de la Nature et de la Grâce (par le même). *Amsterdam, D. Elsevier (la Minerve)*, 1681. 2 part. en 1 vol. in-12, mar. r. fil. dos orné, tr. dor. (*Capé.*)

Édition imprimée en gros caractères sur un papier un peu plus grand que le papier in-12 ordinaire.

Hauteur : 136 millimètres. Ex libris Mar. de Champ-Repus.

54. Pensées chrétiennes sur divers sujets de piété. *Paris, Robert Pepie*, 1689. In-8, mar. r. fil. tr. dor. (*Rel. anc.*)

Exemplaire aux armes du CARDINAL D'ESTRÉES. Ces armoiries sont rares.

55. Lettres sur divers sujets de morale et de piété, par l'auteur du traitté de la Prière publique (Duguet). *A Paris, chez J. Estienne*, 1788. In-12, mar. r. fil. dos orné, doublé de mar. r. tr. dor. (*Reliure ancienne.*)

Exemplaire réglé.

56. Traités de l'Existence et des Attributs de Dieu, des Devoirs de la religion naturelle, et de la Vérité de la religion chrétienne, par M. Clarke, traduits de l'anglois par M. Ricotier. *A Amsterdam, chez J.-Fr. Bernard*, 1727-28. 3 vol. in-12 mar. r. fil. tr, dorée. (*Reliure ancienne.*)

Bonne édition de cet ouvrage.

---

57. De Imitatione Christi, libri quatuor, ad manuscriptorum ac primarum editionum fidem castigati, et mendis plus sexcentis expurgati. Recensuit J. Valart. Nova editio. *Parisiis, typis J. Barbou*, 1764. In-12, figures de Marillier, mar. r. fil. tr. dor. (*Reliure ancienne.*)

De la bibliothèque de M. Paignon-Dijonval.

58. De l'Imitation de Jésus-Christ, traduction nouvelle, par le sieur de Beuil, prieur de S. Val. *A*

Paris, chez Guill. Desprez et J. Desessartz, 1718. Pet. in-12, front. gr. mar. r. large dent. sur les plats, tr. dor. (*Reliure ancienne.*)

Exemplaire réglé.

59. L'Imitation de Jésus-Christ, traduite en vers françois, par P. Corneille. *A Rouen, de l'impr. de L. Maury*, 1653. In-12, front. gr. mar. r. fil. à comp. dos orné, tr. dor. (*Reliure ancienne.*)

60. L'Imitation de Jésus-Christ, traduite et paraphrasée en vers françois, par P. Corneille. *A Paris, Ballard*, 1665. In-12, front. gr. et figures, mar. r. fil. tr. dor. (*Hardy.*)

61. Lettres de sainte Thérèse, traduites de l'espagnol en françois par M. Chappe de Ligny, avocat au parlement... avec une nouvelle traduction des avis de la Sainte, des remarques, et des notes et de méditations sur le Pater. *Paris, J.-B. Garnier*, 1753. — Lettres de sainte Thérèse, traduites de l'espagnol en françois, par feu la Révérende mère Marie-Marguerite de Maupeou, dite Thérèse de Saint-Joseph... *Paris, Ve Mazières et Garnier*, 1748. Ens. 2 vol. in-4, mar. r. dos orné fil. tr. dor. (*Reliure ancienne avec armoiries.*)

Le tome Ier est orné sur les plats et sur le dos d'une large dentelle avec les *molettes* et le *lion issant*, sur le dos du tome IIe se trouvent la *crosse*, la *mitre* et le *lion*. La *mitre* et la *crosse* sont répétées aux coins; enfin, sur les plats des deux volumes se trouvent les armes d'un évêque avec le chapeau de cardinal, la mitre, la crosse, surmontées d'une couronne comtale.

Quoique l'ornementation de la reliure de chaque volume soit différente, il est évident que les deux volumes appartiennent bien au même exemplaire depuis l'origine. Ayant paru à cinq ans de distance, ils ont été reliés à des époques différentes.

62. Livres des Saincts Anges. Cest le prologue de cest present livre appelle le livre des sainctz anges compile par frere François Eximines de l'ordre des freres mineurs à la requeste de Messire Pierre Dartes, chevalier chambellain et maistre dostel du roy darragon. (A la fin:) *Cy finist le livre des sainctz anges. Imprime à Lyon par Maistre Guillaume le roy, le XX jour du moys de may*,

lan de grâce mil cccc.lxxxvi. Pet. in-fol. impr. en caract. goth. figures sur bois, mar. bl. fil. à froid, tr. dor. (*H. Duru.*)

Édition rare et précieuse de cet ouvrage curieux, conforme à la description de Brunet. Au verso du premier feuillet, dont le recto est blanc et qui n'est pas coté dans le cahier *a*, se trouve la grande figure sur bois représentant Dieu entouré de plusieurs anges, laquelle est répétée au recto du dernier feuillet dont le verso est blanc.

Exemplaire grand de marges.

Ex-libris du baron de la Roche-Lacarelle.

63. La Fleur des Commandemens de Dieu. Sensuit la table ꝛ les chapitres du liure nõme la Fleur des Cõmandemẽs de Dieu. (A la fin :) *Cy fine le liure intitule la fleur des commandemens de dieu avec plusieurs exemples extraites tãt des escriptures sainctes que d'autres docteurs et bons anciens pères, lequel est moult utile a toutes gẽs. Et a este nouuellemẽt imprime a Rouen par Jehan le Bourgeois à lĩstãce de P. Regnault libraire de l'Université de Caen, leq̃l fut acheué le XXI jour de iuillet mil CCCCLXXXXVI.* Pet. in-fol. gothique, fig. sur bois, vélin.

Édition à peine connue de ce recueil agréable de contes dévots et d'histoires toujours singulières et parfois facétieuses.

« Les ff. de ce volume sont chiffrés par le haut de I à CXXIV non pour indiquer l'ordre numérique des feuillets, mais bien celui des chapitres qui forment la première partie et des histoires qui composent la seconde, lesquelles souvent occupent plusieurs feuillets, comme le premier chapitre qui en a quatre chiffrés quatre fois *I*, et le deuxième qui en a trois chiffrés trois *i i*. Il ne faut donc pas collationner ce livre par les chiffres en haut des pages, mais par les signatures. » (*Note écrite de la main de M. L. Potier, sur la garde du volume.*)

Bel exemplaire, le seul connu de cette édition ; malheureusement le titre manque et quelques pages portent des traces de piqûres de vers. Au verso du dern. f. se trouve la marque de Jehan le Bourgeois, un des plus célèbres imprimeurs du XVe siècle.

64. Chante pleure deaue viue redundant ‖ Cueur cõpunct fait joyeulx, en lermoiãt ‖ (Au bas:) Penitẽtiale irriguũ. Cum Focario et ‖ Scintillantibus Sulphuratis. ‖ *Chãtepleure et fosil* (*si penitẽs vos estes*). *Auec estincellans sulphurees allumettes. S. l. n. d.* In-8, gothique, à 2 colonnes de 48 ff. non chiffrés et 236 ff. chiffrés, le dern.

avec fig. sur bois au recto et au verso, musique notée, mar. r. fil. comp. tr. dor. (*Kœhler.*)

Livre peu commun et que la singularité du titre fait rechercher. Brunet indique 256 ff. chiffrés, par erreur ; notre exemplaire finit bien au feuillet 236.

65. Le Livre de la di||scipl'ne damour diuine : contenant X. || ℂ La repet'cion de la disciple cõtenant V. || Cum privilegio. ||(A la fin :) ℂ *Cy finist le liure de la dicipline damour || diuine et de la repeticion de la disciple : celuy || qui la dresse a limprimerie requiert a ceulx || qui le liront une souuenance amoureuse de || uers dieu pour celuy qui la compose / pour tous ceulx de sa religion || pour une bonne vierge qui a communique lexemplaire et toutes ses conseurs / et pour luy et to' ceulx || qui lont promeu a estre imprime. Fait a pa||ris ce XXVIII jour de novẽbre pour Regnault || Chaudière, libraire demourant a lenseigne de || lhomme sauuaige en la rue Saict iacques. Lan mil VC.XIX.||* (1519). Pet. in-8, gothique, mar. r. fil. tr. dor. (*Reliure ancienne.*)

Livre ascétique dans lequel il y a des passages très-singuliers, dont du Verdier donne un échantillon, dans le tome 1er de sa *Bibliothèque*.

Bel exemplaire de Méon.

66. Introduction à la Vie dévote du bienheureux François de Sales, évesque de Genève. *A Paris, de l'Imprimerie royale du Louvre*, 1641. In-fol. titre front. gr. mar. r. fil. comp. tr. dor. (*Du Seuil.*)

Très-bel exemplaire réglé aux armes de Wignerod de Richelieu.

67. Introduction à la Vie dévote du bienheureux François de Sales, évesque et prince de Genève, instituteur de l'ordre de la Visitation de Sainte-Marie, reveu par l'autheur avant son deceds, et augmentée de la manière de dire dévotement le chapelet et de bien servir la Vierge Marie ; dernière édition. *A Paris, chez P. Rocollet*, 1657. In-8, mar. vert, fil. dos orné, dent. int. t. dor. (*David.*)

68. Les Merveilles de l'amour divin, par le S[r] de La Serre, historiographe de France. *A Brusselles, chez Fr. Vivien, s. d.* (1633). Pet. in-4, front. gr. et 4 belles figures de Corn. Galle, d'après N.-W. Horst et Ant. Sallarts, veau f. fil. tr. dor.

Très-bel exemplaire, grand de marges, avec témoins.

69. Recueil de Cantiques spirituels, choisis dans divers autheurs approuvez; propre pour élever, entretenir et unir l'âme avec Dieu : divisé en trois parties qui correspondent aux trois estats de la vie purgative, illuminative et unitive, par J.-A.-P. *A Paris, chez Fl. Lambert,* 1659. In-8, mar. bl. fil. tr. dor. (*Closs.*)

Exemplaire ayant appartenu à Jamet, qui a écrit une note à la fin du volume, disant que ce livre lui a été donné par l'abbé Lebeuf.

---

70. Sermon de saint Augustin sur les pseaumes, traduits en françois. Nouvelle édition. *A Paris, chez J. Barois fils,* 1739. 14 vol. in-12, mar. vert foncé, tr. dor. (*Rel. anc.*)

Exemplaire aux armes de MESDAMES filles de Louis XV. — La couleur verte était celle de Madame Sophie. Les armes sont poussées à froid sur les plats. Ex-libris de M. L. Pasquier.

71. Sermon presché à l'ouverture de l'Assemblée générale du clergé de France, le 9 nov. 1681, par M. J.-B. Bossuet. *A Paris, chez F. Léonard,* 1682. In-4, veau ant.

ÉDITION ORIGINALE.
Hauteur : 246 millimètres.
Mouillures.

72. Recueil d'Oraisons funèbres et autres pièces. 16 pièces réun. en 1 vol. in-4, veau ant.

Oraison funèbre de Mre P. Séguier, par l'abbé de la Chambre. *Paris,* 1672. — Mre L. Boucherat, par le R. P. de la Roche. *Paris,* 1700. — Plusieurs Oraisons funèbres du Dauphin et de la Dauphine, par Poncet de la Rivière, le P. Delarue, l'abbé Braier, le P. Gaillard, J. Maboul. *Paris,* 1711-12. — Oraison funèbre de Louis XIV, par Mre Honoré de Quiqueran de Beaujeu. *Paris,* 1715. — Anne d'Austriche (par d'Ormesson). 1667. — Oraison funèbre de Marie-Thérèse d'Austriche, par Bossuet. *Paris,* 1703. (*Edition originale.*) — Stances sur la mort de Marie-Adélaïde de Savoye. *Paris,* 1712. — Le Deuil de la France, par M. de la Motte. — Le Souverain, ode (par le même). *Paris, Du Puis, s. d.* — Epitaphe pour le Mausolée de Mgr le Dauphin et Mme la Dauphine (par Chevrier), etc.

Beaux exemplaires.

L'édition originale de l'Oraison funèbre de Marie-Thérèse d'Autriche, par Bossuet, est grande de marges.

73. RECUEIL D'ORAISONS FUNÈBRES et autres pièces, en éditions originales. Ens. 14 pièces réun. en 1 vol. in-4, veau ant,

BOSSUET. — Oraison funèbre de Marie-Térèse d'Austriche. *Paris*, 1683. — de Anne de Gonzague de Clèves, princesse palatine. *Paris*, 1685. — de M. Le Tellier. *Paris*, 1686. — FLÉCHIER. — Oraison funèbre de la duchesse de Montausier. *Paris*, 1672. — de la duchesse d'Aiguillon. *Paris*, 1675. — du vicomte de Turenne. *Paris*, 1676. — de M. Le Tellier. *Paris*, 1686. — de Marie-Anne-Christine de Bavière, dauphine de France. *Paris*, 1690. — du duc de Montausier. *Paris*, 1690. — BOURDALOUE. — L. de Bourbon, prince de Condé. *S. d.* (*Manque le titre*), etc., etc.

74. Oraisons funèbres de Bossuet avec des notes de tous les commentateurs, suivie du sermon sur l'Unité de l'Église. *A Paris, chez Lefèvre*, 1825, gr. in-8, portrait sur chine, demi-rel. mar. bl. foncé, non rogné. (*Simier.*)

Exemplaire sur GRAND PAPIER JÉSUS VÉLIN.

75. Les Oraisons funèbres de Bossuet, suivies du sermon pour la profession de Mme de la Vallière, du Panégyrique de saint Paul et du sermon sur la Vocation des Gentils, avec des notices par M. Poujoulat. Gravures à l'eau-forte par V. Foulquier. *Tours, Alf. Mame*, 1869. Gr. in-8, portr. et vig. à l'eau-forte, mar. r. fil. dos orné, dent int. doré en tête, éb. (*Chambolle-Duru.*)

Un des 10 exemplaires sur PAPIER CHAMOIS.

76. Recueil d'oraisons funèbres, prononcées par messire Ant. Anselme, abbé de S. Sever-Cap de Gascogne, prédicateur ordinaire du Roy. *A Paris, chez Louis Josse*, 1701. In-12, mar. la Vall. jans. tr. dor. (*Hardy.*)

Edition originale des Oraisons funèbres de Mme de Rohan, abbesse de Malnoue. — de Marie-Thérèse d'Autriche. — de Charles de Sainte-Maure, duc de Montausier. — de milord Talbot, duc de Tyrconnel. — de Mademoiselle d'Orléans, duchesse de Montpensier. — de M. le duc d'Uzès. — de M. de Fieubet.

77. Œuvres de messire Edme Mongin, évêque et

seigneur de Bazas, contenant ses sermons, panégyriques, oraisons funèbres, mandements et pièces académiques. *A Paris, chez Cl.-Fr. Simon*, 1745. In-4, portrait, mar. r. bl. large dent. doublé de tabis, tr. dor. (*Pasdeloup.*)

Très-bel exemplaire réglé, sur GRAND PAPIER.
Riche reliure aux armes de M. de la Motte, fermier général.

---

78. La grāt et vraye || Legende dorée et la vie des sainctz et sain||ctes de Paradis : translatée de latin en fran||çoys, nouuellemeut imprimée et corrigée des || erreurs et choses apocrifes estans en la vie et || légendes de plusieurs sainctz et sainctes. Et || y sont adjoutées plusieurs nouvelles légen||des de sainctz et de sainctes non estāt aux pre||cedentes. Imprimées nouuellemēt à Lyon || lan mil cinq cens vingt et neuf. || *On les vent a Lyon en la rue || Mercière, chez Jehan Lambany, près || Nostre-Dame de Confort.* || In-4, gothique de 324 ff. titre et vig. sur bois, veau ant. (*Rel. du temps.*)

79. Les Vies des Saincts, composées sur ce qui nous est resté de plus autentique et de plus assuré dans leur histoire, disposées selon l'ordre des calendriers et des martyrologes ; avec l'histoire de leur culte, selon qu'il est établi dans l'Église catholique et l'histoire des autres festes de l'année (par Adr. Baillet). *A Paris, chez Ganeau*, 1739. 10 vol. in-4, portr. veau granit, tr. marbr.

80. Histoire du Concile de Trente, écrite en italien par Fra Paolo Sarpi et traduite en françois par P.-Fr. Le Courayer. *A Amsterdam, chez Wetstein et Smith*, 1751. 3 vol. in-4, portr. mar. r. fil. tr. dor. (*Reliure ancienne.*)

Les tomes II et III ont des piqûres de vers.

81. Précis historique des Ordres religieux et militaires de S. Lazare et de S. Maurice avant et après leur réunion, par le Ch. L. Cibrario, traduit de

l'italien par Humbert Ferrand. *Lyon, impr. de L. Perrin*, 1860. In-8, mar. ol. dos orné, fil. tr. dor. (*Capé.*)

Bel exemplaire en papier vergé. Jolie reliure de Capé, avec la croix de l'ordre sur les plats, en maroquin blanc et vert.

82. Historie van alle ridderlyke en krigs-orders... In't Koper gesneden door Adriian Schoonebeck. *Amsterdam*, 1697. 2 vol. in-8, fig. vél.

Cet ouvrage contient un grand nombre de figures très-intéressantes, de Schoonebeck. De la bibliothèque Emm. Martin.

83. Description du Jubilé de sept cens ans de S. Macaire, patron particulier contre la peste, qui sera célébré dans la ville de Gand, capitale de la Flandre, à commencer le 30 mai jusqu'au 15 juin 1767. *A Gand, chez J. Meyer, s. d.* In-4, planches, veau ant.

La planche représentant le grand feu d'artifice a été déchirée. Cependant elle est entière.

84. Histoire des Hosties miraculeuses qu'on nomme le Très-Saint Sacrement de miracle, qui se conserve à Bruxelles depuis l'an 1370 et dont on y célèbre tous les cinquante ans l'année jubilaire. *A Bruxelles, J. Van den Berghen*, 1770. In-8, demi-rel. avec coins, mar. r. doré en tête, non rogné.

Après le titre, se trouve une planche in-folio reproduisant la « véritable représentation du très-saint Sacrement de miracles ».

85. Les Deux Harangues des habitans de la paroisse de Sarcelles, à Mgr l'Archev. de Paris, et Philotanus. *Aix, J.-B. Girard*, 1731. — Troisième Harangue... au sujet des miracles. *Aix*, 1732. — Compliment inespéré des Sarcellois à M. de Vent*** (Ventimille) au sujet de leur pèlerinage à S. Médard. *S. l. n. d.* — Les Remontrances des habitans de Sarcelles au roy au sujet des affaires présentes du Parlement de Paris. *Rotterdam*, 1732. — Les Remerciements au roi au sujet du retour du Parlement de Paris. *Sarcelle*, 1733.

Harangues des habitants de Sarcelle au roi. *Aix*, 1733. — Cinquième Harangue... à Mgr l'Archev. de Paris, pour le remercier de ce qu'il leur a rendu M. Du Ruel. *Aix*, 1748. Ens. 7 pièces réun. en 1 vol. in-12, mar. gr. fil. tr. dorée. (*Bauzonnet.*)

Recueil de pièces curieuses et rares.

86. Histoire de la Mission des Pères Capucins en l'isle de Maragnan et terres circonuoisines où est traicté des singularitez admirables et des meurs meruei.leuses des Indiens habitans de ce païs. Auec les missiues et aduis qui ont esté enuoyez de nouueau. Par le R. P. Claude d'Abbeuille, prédicateur capucin. *A Paris, de l'impr. de Fr. Huby*, 1614. In-8, joli titre gr. et fig. mar. bl. comp. à la du Seuil, tr. dor. (*Lortic.*)

Très-bel exemplaire de cette relation rare.

87. Petronille. Accident pitoyable de nos jours, cause d'une vocation religieuse, par Mgr l'évesque de Bellay (Jean-Pierre Camus). *Lyon, J. Gaudion*, 1626. In-8, mar. r. fil. tr. dor. (*Hardy.*)

---

88. Histoire des variations des églises protestantes, par M. Jacques-Bénigne Bossuet. *A Paris, chez la veuve de Séb. Mabre-Cramoisy*, 1688, *avec privilège de Sa Majesté*. 2 vol. in-4, mar. r. dos orné, fil. tr. dor.

Édition originale.

Exemplaire aux armes de Etienne Le Camus, évêque de Grenoble, et depuis cardinal. Il fut aumônier de Louis XIV enfant, et le pape Innocent XI le nomma cardinal au lieu de M. de Harlay, pour lequel Louis XIV avait demandé le chapeau. Le roi mécontent fit venir l'évêque de Grenoble et lui adressa de vifs reproches, mais celui-ci désarma Louis XIV par une plaisanterie. Le saluant, et montrant M. de Harlay : « Sire, dit-il, voilà le cardinal camus, et voici le cardinal Le Camus. » Le roi rit de cette saillie, et l'affaire en resta là.

89. Défense de l'Histoire des Variations contre la réponse de M. Basnage, ministre de Rotterdam, par messire Jacques-Bénigne Bossuet. *A Paris,*

chez J. Anisson, 1691. In-12, mar. r. fil. tr. dor. (*Hardy-Mennil.*)

ÉDITION ORIGINALE. Exemplaire grand de marges.
Cachet sur le titre.

90. Histoire de la Mappemonde papistique, en laquelle est déclairé tout ce qui est contenu et pourtraict en la grande table, ou carte de la mappemonde, composée par M. Frangidelphe Escorche-Messes. *Imprimé en la ville de Luce nouvelle* (*Genève*), *par Brifaud Chausse-Diables*, 1567. In-4, mar. r. fil. tr. dor. (*Derome, reliure signée.*)

Bel exemplaire de ce livre très-rare, attribué à Théod. de Bèze ; il est aussi donné à P. Viret.
Ex-libris de R.-S. TURNER.

91. Traité de la Paix de l'âme et du Contentement de l'esprit, par P. du Moulin. *A Amsterdam, chez J. de Ravesteyn*, 1675. — Semaine de Méditations et de Prières, avec une préparation pour la saincte Cène (par le même). *Amsterdam, Abr. Wolfgand*, 1679. 2 ouvr. en 1 vol. in-12, mar. la Vall. fil. à comp. doublé de mar. dent. int. tr. dor. (*Müller, suc. de Thouvenin.*)

Ex-libris M. de Champ-Repus.
Hauteur : 131 millimètres.

92. Examen critique des Apologistes de la religion chrétienne, par M. Fréret. *S. l.* (*Holl.*), 1767. — Le Christianisme dévoilé, ou Examen des Principes et des Effets de la religion chrétienne (par le baron d'Holbach). *Londres*, 1767. 2 ouvr. en 1 vol. pet. in-8, mar. vert fil. doublé de tabis, tr. dor. (*Reliure ancienne.*)

L'Examen critique est de Jean Lévesque de Burigny. Il a été édité par Naigeon, qui y a fait beaucoup de changements.

---

93. Cérémonies et coutumes religieuses de tous les peuples du monde, représentées par des figures dessinées de la main de Bernard Picart, avec des Dissertations curieuses (par l'évêque Grégoire, de l'Aulnaye et Th. Mandar). *Paris, L. Prudhomme*, 1807-1810. 13 vol. in-fol. front. gr. et planches, cart. non rognés.

94. Cérémonies et Coutumes qui s'observent aujourd'hui parmy les Juifs, traduites de l'italien de Léon de Modène, rabbin de Venise, avec un supplément par le sieur de Simonville. *A Paris, chez J. Cochart*, 1710. 2 part. en 1 vol. in-12, cuir de Russie, fil. NON ROGNÉ. (*Purgold-Hering.*)

Exemplaire provenant des bibliothèques du comte de la Bédoyere et de Renouard.

95. Histoire des Oracles (par Fontenelle). *A Paris, chez G. de Luyne, en la boutique de la Ve Blageart et T. Girard*, 1687. In-12, mar. la Vall. jans. dent. int. tr. dor. (*Hardy.*)

Édition originale.

96. Al-Qoran..... In-4, rel. orient.

Manuscrit koufique très-ancien, les feuillets sont remontés.

JURISPRUDENCE.

97. J. Faber.... Egregii viri Joannis Fabri juris utriusque professoris in quatuor libros institutionum Justiniani imp. lectura. (*Marque de François Fradin.*) *Lugduni*, 1534. In-folio, à 2 col. car. goth. bas.

Titre encadré, grandes lettres ornées.

98. Observations critiques sur la loi par laquelle on prétend que les auteurs des Douze Tables avaient permis aux créanciers de mettre en pièces le corps de leurs débiteurs, par M. Berriat Saint-

Prix. *Paris, F. Didot*, 1845. In-4 de 58 pp. mar. r. jans. doré en tête éb. (*Sarazin.*)

Exemplaire avec une note autographe signée par M. L. Petitot, disant que ce livre lui a été donné par M. Berriat Saint-Prix, son ancien professeur.

99. Les grandes Coustumes || generalles et particulieres du royaulme de France se-||lon lesquelles se reiglent toutes les cours et jurisditions || du d' royaulme. Lesquelles coustumes ont esté establyes|| conformées et par edict perpetuel auctorisées par la court de parlement. ❡ Cestasçavoir. || ❡ Les Coustumes de la preuose ꝛ viconte de Paris ville || capitalle du royaulme. Et aultres coustumes lesquel-||les ont esté rapportées nouuellement qui defailloient es || premieres imprimées comme on pourra veoir par la ta||ble dicelles coustumes. Sur lesquelles ont esté apposées || plusieurs bonnes et bresues cotations pour plus facillement entendre ledict contenu || dicelles coustumes avec plusieurs aultres non rapportées desquelles on || use en plusieurs ꝛ diuers bailliaiges ꝛ seneschaulcees du royaulme. Nouuellement imprimees a || Paris, lan mil cinq cens || neuf. || Cum privilegio regis || ❡ *Ils se vendent à Paris, sur le pont Nostre-Dame a lenseigne de sainct Jehan leuan||geliste ou au Palais en la bouticle de la Jehan de la Garde, libraire.....* (A la fin:) ❡ *Cy finist les coustumes..... nouuellemẽt im||primees a Paris, par Maistre P. Vidoue pour Jehã de la Garde libraire juré || de luniversité ꝛ le brodeur Et furẽt acheuees le XXe jour de Juing mil || cinq cens ꝛ XIX.* || In-4, 6 ff. prél. et 434 ff. de texte, titre rouge et noir, veau ant.

Exemplaire réglé.
Les deux dern. ff. sont piqués de vers.

100. Les Ordonnances ꝛ Statuts royaulx des || feuz roys Charles septiesme, Charles huytiesme, et Loys || douziesme que dieu absoille, nouuellemẽt veues, recorrigees || oultre les precedẽtes impres-

sions ꝛ le sōmaire mis sur ung chascū article ‖ avec la table ou repertoire alphabetiq̄ pour pl. facillemēt trouuer les mati‖éres ꝛ tenues en icelles ordōnāces ensemble plusieurs aultres ordōnāces ‖ tāt du roy sainct Loys, Philippe le Bel, du roy Jehan, Charles cīquiesme ‖ Charles sixiesme ꝛ Loys XI. Et aultres plusieurs cōstitutions ꝛ ordon‖nances lesq̄lles ne furent jamais imprimeéz cōme il appert en la fin de ‖ la table de ce p̄sent liure leq̄l liure se peult appeler le mirouer judiciaire ‖ et le Guidon de tous praticiens. ‖ ❡ *On les vēt à Paris au palais du roy nostre sire, au second pillier, par Galliot du Pré marchant ꝛ libraire aiant sa boutique audit lieu* ‖ *S. d.* (1515). ❡ *Cum priuilegio.* ‖ Pet. in-4 gothique de 18 ff. prélim. y compris le titre, 188 et 10 ff. de texte, le titre et le verso du dern. f. porte la marque de Galliot du Pré, mar. la Vall. jans. dent. int. tr. dor. (*Hardy.*)

Bel exemplaire.

101. Jacobi Menochii..., de adipiscenda, retinenda et recuperanda possessione, doctissima commentaria. Item, Responsa causæ finariensis, a multis Italiæ celeberrimis Ic. Collegijs reddita, eodem auctore edita. *Coloniæ Agrippinæ, ex off. Ant. Hierati*, 1605. In-fol. mar. vert, fil. tr. dor. (*Rel. anc.*)

Exemplaire aux armes et au chiffre de L.-Ch. de Valois, comte d'Auvergne et duc d'Angoulême, fils naturel de Charles IX et de Marie Touchet. Mouillures.

102. L'Esprit des ordonnances de Louis XIV, ouvrage où l'on a réuni la théorie et la pratique des ordonnances, par M. Sallé, avocat au Parlement. *A Paris, chez la veuve Rouy*, 1755. 2 vol. in-4, mar. r. fil. tr. dor. (*Rel. anc.*)

Superbe exemplaire de dédicace aux armes d'Antoine-René Voyer d'Argenson, dit le marquis de Paulmy.

La belle collection de cet amateur forme le principal fonds de la bibliothèque de l'Arsenal.

103. Recueil des Mémoires ou Factums qui ont paru par-devant le Parlement de Provence pour et contre la demoiselle Cath. Cadière, F.-Est.-Th. Cadière, et Mre Fr. Cadière, ses frères, le P. Girard et le P. Nicolas. *A Marseille, chez D. Sibie*, 1731. In-fol. veau ant.

Recueil curieux.

104. Code militaire, ou Compilation des ordonnances des rois de France concernant les gens de guerre, par le sieur de Briquet. *Paris, J.-B. Coignard*, 1734. 4 vol. pet. in-12, mar. r. fil. dos orné, tr. dor. (*Reliure ancienne.*)

Ouvrage rare en cette condition. Bonne reliure ancienne, dans le genre de Boyet.

105. Traité général des droits d'aydes, par M. Lefebvre de la Bellande. *A Paris, chez Prault*, 1770. In-8, mar. vert, fil. tr. dor. (*Reliure ancienne.*)

106. De la Profession d'avocat : 1° Devoirs, honneur, avantages, jouissances; 2° Le Stage; 3° La Plaidoirie; 4° Lois et règlements, discours prononcés par F. Liouville, réunis et publiés par Albert Liouville. *Paris, Cosse et Marchal*, 1864, gr. in-8, mar. r. jans. dent. int. tr. dor. (*Capé.*)

Un des 52 exemplaires sur PAPIER GRAND JÉSUS DE HOLLANDE, provenant de la bibliothèque du docteur Danyau.

107. Barreau de Paris. Éloge de F. Liouville, ancien bâtonnier de l'ordre des avocats, discours prononcé à l'ouverture de la conférence des avocats, le 6 décembre 1868, par Eug. Pouillet. *Paris*, 1863. Gr. in-8 de 38 pp. pap. de Holl. mar. r. jans. tr. dor. (*Capé.*)

Ex-libris du docteur Ant. Danyau.

SCIENCES ET ARTS.

108. Apophthegmes des Lacédémoniens, extraits de Plutarque, suivis des Pensées, du même auteur, sur la superstition, par P.-Ch. Levesque. *A Paris, chez Debure et P. Didot, l'an IIe de la Rép.* Pet. in-12, mar. r. fil. tr. dor. (*Reliure ancienne.*)

De la collection des Moralistes anciens.
Exemplaire sur **PEAU DE VÉLIN**.

109. Réflexions morales de l'empereur Marc-Antonin, avec des remarques. *Paris, Cl. Barbin*, 1691. 2 vol. in-12, portrait, mar. r. fil. tr. dor. (*Reliure ancienne.*)

110. Pensées de l'empereur Marc-Aurèle-Antonin, traduites du grec par M. de Joly. *Paris, Ant.-Aug. Renouard*, 1796. In-18 tiré in-8, portr. rel. en vél. blanc, fil. tr. dor. (*Bozérian.*)

Grand papier vélin.
De la bibliothèque de M. Emm. Martin.

111. L'Horloge des princes, avec le très-renommé livre de Marc-Aurele, recueilly par don Antoine de Gueuare, euesque de Guadix et Mondouedo, traduict en partie de castillan en françois, par feu N. de Herberay, seigneur des Essars, et depuis reueu et corrigé nouuellement, oultre les autres précédentes impressions par ci-deuant imprimées. *A Paris, par Nic. Bonfons*, 1580. In-8, cuir de Russie, tr. dor.

Bel exemplaire. C'est à ce livre que la Fontaine a fait allusion en citant Marc-Aurèle dans la fable du Paysan du Danube.

112. M. Tullii Ciceronis Opera moralia. *Mediolani, e typographeo Mussiano*, 1808. In-fol. cart. non rogné.

Belle édition, très-bien imprimée, tirée à 50 exemplaires seulement sur ce grand papier vélin. Celui-ci fut offert par l'éditeur *al signor Domenico Artaria di Mannheim.*

113. L. Annæi Senecæ et P. Syri Mimi singulares sententiæ... studio et opera Jani Gruteri... *Lugd. Batav., J. du Vivier,* 1708. In-8, front. gr. mar. vert, fil. tr. dor. (*Derome.*)

Bel exemplaire.

114. L. Apulei Madaurensis philosophi Platonici Apologia recognita et nonnullis notis ac observationibus illustrata a Joanne Priceo Anglo-Britanno. *Parisiis,* 1635. In-4, fig. mar. r. fil. (*Reliure ancienne.*)

Exemplaire au chiffre de PEIRESC.

115. Le Sage résolu contre l'une et l'autre fortune, par François Pétrarque. *A Bruxelle, chez Fr. Foppens,* 1660. In-12, mar. bl. tr. dor. (*Capé.*)

Exemplaire de M. de la Villestreux, avec son chiffre sur le dos et aux coins des plats.

116. ESSAIS DE MESSIRE MICHEL, SEIGNEUR DE MONTAIGNE, chevalier de l'ordre du Roy..., maire et gouverneur de Bourdeaus. Édition seconde, reveüe et augmentée. *A Bourdeaus, par S. Millanges,* 1582. Pet. in-8, mar. la Vall. fil. à fr. dent. int. tr. dor.

Édition précieuse, mieux imprimée et presque aussi rare que la première. Elle fut revue, corrigée et augmentée par Montaigne, et pour cette raison peut être considérée encore comme une édition originale.

117. ESSAIS DE MICHEL, SEIGNEUR DE MONTAIGNE, cinquiesme édition, augmentée d'un troisiesme liure : et de six cens additions aux deux premiers. *A Paris, chez Abel l'Angelier, au premier piltier de la grand salle du Palais. Avec privilège du Roy. S. d.,* 1588. In-4, front. gr. mar. r. fil. dos orné, dent. int. tr. dor. (*Chambolle-Duru.*)

Bel exemplaire de la dernière édition publiée du vivant de l'auteur. Bien que cette édition soit chiffrée comme étant la *cinquiesme,* on n'a pu encore constater que trois éditions antérieures à 1588.
Le titre, qui était plus grand, a été plié.

118. Les Essais de Michel, seigneur de Montaigne, édition nouvelle, prise sur l'exemplaire trouué après le deceds de l'autheur, reueu et augmenté d'un tiers, oultre les precedentes impressions, enrichi de deux tables curieusement exactes et élabourées. *A Paris, chez Abel l'Angelier*, 1604. In-8 de 1031 pp. titre gravé, veau ant. comp. à froid.

L'extrait du privilége du roi, qui se trouve au verso de la dernière page, est daté de 1602.
Mouillures.

119. Les Essais de Michel, seigneur de Montaigne, nouvelle édition, exactement purgée des défauts des précédentes, selon le vray original, etc. *A Bruxelles, chez Fr. Foppens*, 1659. 3 vol. in-12, front. gr. mar. r. large dent. doublés de tabis bl. tr. dor. (*Bisiaux*.)

Bel exemplaire.

120. Les Essais de Michel de Montaigne, etc. *A Paris, chez L. Rondet, Ch. Journel et R. Chevillion*, 1669. 3 vol. in-12, titre gr. avec le portr. de l'auteur au milieu, mar. bl. fil. à comp. sur les plats, dent. int. tr. dor. (*Hardy*.)

Cette édition est plus correcte que celle donnée par Foppens.
Bel exemplaire.

121. Les Essais de Michel, seigneur de Montaigne, édition nouvelle, exactement corrigée selon le vray exemplaire, enrichie à la marge du nom des autheurs citez et de la version de leurs passages, mise à la fin de chasque chapitre, auecque la vie de l'autheur. *A Paris, chez J. Camusat*, 1635. In-fol. titre front. gr. avec le portr. de l'auteur au milieu, veau marb. fil.

Édition recherchée à cause des pièces qui y sont jointes, et parce qu'elle donne la traduction des citations.
Le titre est défectueux et le bas des pages 869-72 a été déchiré.

122. De la Sagesse, trois livres, par P. Charron. *Suivant la vraye copie de Bourdeaux, à Leyde, chez J. Elzevier*, 1656. In-12, titre front. gr. mar. r. fil. tr. dor. (*Duru*, 1854.)

Bel exemplaire, très-grand de marges.
Hauteur : 132 millimètres.

123. De la Sagesse, trois livres, par P. Charron. *Suivant la vraye copie de Bourdeaux, à Amsterdam, chez L. et D. Elzevier*, 1662. Pet. in-12, front. gr. mar. r. fil. tr. dor. (*Reliure ancienne.*)

Hauteur : 122 millimètres.
La reliure est très-fraiche.

124. La Sagesse, de Charron. *A Paris, chez A. Besoigne*, 1672. In-12, veau f. ant. tr. dor. (*Reliure ancienne.*)

Exemplaire aux armes du duc de Richelieu, pair et maréchal de France.

125. Paradoxe sur l'incertitude, vanité et abus des sciences, traduit en françois, du latin de Henry Corneille Agr. Œuure qui peut profiter et qui apporte merueilleux contentement à ceux qui fréquentent les cours des grands seigneurs et qui veulent apprendre à discourir d'une infinité de choses contre la commune opinion. *S. l.*, 1617. In-12, mar. r. jans. dent. int. tr. dor. (*David.*)

126. La Doctrine des mœurs tirée de la philosophie des stoïques, représentée en cent tableaux et expliquée en cent discours, pour l'instruction de la jeunesse (par Gomberville). *A Paris, de l'impr. de Louys Sevestre*, 1646. 2 tomes en 1 vol. pet. in-fol. figures de P. Daret, demi-rel. veau vert.

127. Maximes et Réflexions morales du duc de la Rochefoucauld. *A Parme, de l'impr. Bodoni*, 1811. In-4, demi-rel. bas. r. non rogné.

Édition très-bien imprimée.

128. Réflexions, ou Sentences et Maximes morales de la Rochefoucauld. *Paris, Lefèvre*, 1827. In-8, portr. demi-rel. avec c. mar. grenat, doré en tête, ébarbé.

Exemplaire sur grand papier jésus vélin.
De la collection des classiques français.

129. Réflexions ou Sentences et Maximes morales de la Rochefoucauld, édition Louis Lacour.

Paris (Jouaust), 1868. In-8, mar. r. fil. dent. int. tr. dor. (*Chambolle-Duru.*)

Exemplaire sur *papier de Chine.*

130. Les Caractères de Théophraste, traduits du grec, avec les Caractères ou les Mœurs de ce siècle (par la Bruyère). *A Lyon, chez Th. Amaulry*, 1688. In-12, veau ant.

Cette édition lyonnaise n'est, selon Brunet, qu'une réimpression pure et simple de la seconde édition donnée à Paris, par Est. Michallet, en 1688. Elles sont rares l'une et l'autre.

131. Les Caractères de Théophraste, traduits du grec, avec les Caractères ou les Mœurs de ce siècle (par la Bruyère). *A Paris, chez Est. Michallet*, 1694. In-12, veau ant.

Huitième édition, contenant 1,119 caractères et, de plus, le discours de réception à l'Académie française, précédé d'une longue préface.
Piqûres de vers dans la marge intérieure, entre les pages 100 et 200.

132. La Vie et l'Esprit de Sp. (Spinosa), par M. de Boulainvilliers. — Essay de métaphysique dans les principes de B. de Sp. (Benoît de Spinosa). *S. d.* 2 vol. in-4, mar. r. fil. tr. dor. (*Rel. anc.*)

Manuscrit du XVIIIe siècle, très-bien conservé.
Aux armes de RIQUETTI, COMTE DE MIRABEAU.

133. Œuvres complètes de Vauvenargues, précédées d'une Notice sur sa vie et ses ouvrages, et accompagnées des notes de Voltaire, Morellet et Suard. *A Paris, chez J.-L.-J. Brière*, 1821. 3 vol. gr. in-8, demi-rel. avec c. mar. bl. non rognés. (*Simier, relieur du roi.*)

Exemplaire en grand papier vélin. Quelques piqûres d'humidité.
De la bibliothèque de M. Emm. Martin.

134. De la Philosophie de la nature, ou Traité de Morale, pour le genre humain, tiré de la philosophie et fondé sur la nature (par Delisle de Sales). *Londres*, 1789. 7 vol. in-8, figures, mar. r. fil. dos orné, tr. dor. (*Reliure ancienne.*)

Bel exemplaire auquel on a ajouté un charmant portrait de Delisle de Sales, gravé par Duflos, d'après Borel.
Cet ouvrage est orné de 63 figures, portraits et vues.
Ex-libris de M. Emm. Martin.

135. Essai sur les principes du droit et de la morale, par M. d'Aube. *A Paris*, *chez B. Brunet*, 1743. In-4, mar. r. fil. tr. dor. (*Rel. anc.*)

Exemplaire aux armes du duc D'ORLÉANS.

136. Les Devoirs du Prince réduits à un seul principe, ou Discours sur la justice (par N. Moreau). *A Versailles*, 1775. 2 part. en 1 vol. in-8, mar. r. dent. dos orné, tr. dor. (*Rel. anc.*)

Exemplaire aux armes de L.-Nic.-Vic. de Félix, comte du Muy, maréchal de France.

137. Le Premier (second, troisiesme et quatriesme) Livre du Courtisan, du conte de Baltazar de Castillon, reduict de langue ytalicque en françoys, lan mil cinq cens quarante. *S. l.* (*Paris*, 1540). 4 part. en 1 vol. pet. in-8, mar. la Vall. fil. à fr. tr. dor. (*Duru.*)

Édition peu commune.

138. Éducation des filles, par M. l'abbé de Fénelon. *A Paris, chez P. Auboin, P. Émery et Ch. Clousier*, 1687. In-12, mar. la Vall. jans. dent. int. tr. dor. (*Allô.*)

Bel exemplaire de l'édition originale.

139. Les Plagiats de M. J.-J. R. de Genève (Jean-Jacques Rousseau) sur l'éducation (par dom Joseph Cajot, bénédictin). *A la Haye, et se trouve à Paris, chez Durand*, 1766. In-8, mar. r. fil. tr. dor. (*Reliure ancienne.*)

Rare en cette condition.
De la bibliothèque de M. Emm. MARTIN.

---

140. Thresor de la philosophie des anciens, où l'on conduit le lecteur par degrez à la connoissance de tous les métaux et minéraux, et de la manière de les travailler et de s'en servir, pour arriver enfin à la perfection du Grand OEuvre. En forme de dialogues et enrichis de très-belles tailles-douces, mis en lumière par Barent Coenders Van

Helpen, gentilhomme. *A Cologne, chez A. Le Jeune*, 1693. Pet. in-fol. front. gr. et figures, cart. tr. marb.

141. Des Jugemens astronomiques sur les nativitez, par Oger Ferrier, médecin, natif de Toloze. *Lyon, J. de Tournes*, 1550. Pet. in-8, mart. vert. fil. à fr. tr. dor. (*Capé.*)

Édition ORIGINALE. Dans l'édition suivante (1582), l'auteur est nommé *Auger*, au lieu de *Oger*.

142. Véritable Or potable, ou Médecine universelle. *S. l. n. d.*, 1749. In-12, 31 ff. mar. vert, large dent. à l'oiseau, tr. dor. doublé de tabis. (*Derome.*)

Manuscrit très-curieux du XVIIIe siècle, dédié à très-haut et très-puissant seigneur Monseigneur le COMTE DE SAINT-FLORENTIN (DUC DE LA VRILLIÈRE, etc.) ; à ses armes appliquées sur les plats.

La dédicace est signée Hebert et datée du 1er avril 1749. La reliure est d'une beauté et d'une fraîcheur incomparables ; la dentelle à petits fers qui couvre les plats est semée des maillets des Mailly et des hermines des Phelypeaux.

---

143. Abrégé de géométrie contenant des définitions, les problèmes les plus nécessaires et quelques proprietez essentielles. *S. l. n. d.* In-4, mar. r. fil. tr. dor. (*Rel. anc.*)

Manuscrit du XVIIIe siècle, très-bien écrit en rouge et en noir et imitant les caractères d'impression ; sur le recto des feuillets se trouvent les figures géométriques coloriées et sur le verso se trouve le texte. La reliure porte les armes du duc d'Orléans sur les plats, et ces armes sont répétées sur le titre.

Texte encadré dans un double filet rouge.

144. Entretiens sur la pluralité des mondes, par Fontenelle, précédés de l'Astronomie de dames, par J. de Lalande. *A Paris, chez Janet et Cotelle*, 1820. Gr. in-8, portr. et figures aj. demi-rel. mar. r. *non rogné.* (*Thouvenin.*)

Exemplaire sur GRAND PAPIER VÉLIN, auquel on a ajouté trois portraits de Fontenelle ; le premier par Devéria, gravé par Prévost, *épreuve sur chine avant la lettre ;* le deuxième en épreuve non terminée, sur chine, et le troisième gravé par Duflos d'après Rigaud, remonté. Plus une gravure de P. Picart, datée de 1727, provenant d'une édition in-4°.

145. Théâtre des instrumens mathématiques et méchaniques de Jaques Besson, avec l'interprétation d'icelui, par Fr. Béroald. *A Genève, par J. Chouët et J. de Laon*, 1694. In-fol. titre gr. et planches, dérel.

Exemplaire défectueux.

146. Déclaration de l'usage du graphomètre, par la pratique duquel l'on peut mesurer toutes distances des choses de remarque qui se pourront voir et discerner du lieu où il sera posé, et pour arpenter terres, bois, prez, et faire plans de villes, de forteresses, cartes géographiques, et généralement toutes mesures visibles, et ce sans reigle d'arithmétique; inventé nouvellement et mis en lumière par Ph. Danfrie. A la fin de cette déclaration est adjousté, par le dict Danfrie, un traicté de l'usage du trigomètre, qui est un austre instrument ayant presque pareil usage, aussi sans reigle d'arithemétique (*sic*). *Paris, Danfrie*, 1597. In-8, veau f. fil. tr. dor. (*Petit, succ^r de Simier.*)

Ouvrage curieux, imprimé en caractères cursifs dits de *civilité*, enrichi de 18 jolies vignettes finement gravées, tirées avec le texte. La première partie a 91 pp. y compris 2 ff. prélim.; la seconde 34 pp. et 1 f. pour le privilège.

Ce géomètre est inexactement nommé *Danfrif* dans la *bibliothèque* de La Croix du Maine. (Brunet.)

Exemplaire provenant des bibliothèques de MM. Danyau et Van der Helle.

147. Traité d'optique mechanique, dans lequel on donne les règles et les proportions qu'il faut observer pour faire toutes sortes de lunettes d'approche, microscopes simples et composés, et autres ouvrages qui dépendent de l'art. Avec une instruction sur l'usage des lunettes ou conserves pour toutes sortes de vues, par M. Thomin. *A Paris, chez J.-B. Coignard et Ant. Boudet*, 1749. In-8, vig. sur le titre et planches, mar. r. fil. tr. dor. (*Rel. anc.*)

« Cet exemplaire de choix, imprimé sur beau papier, a appartenu à Louis de Bourbon-Condé, comte de Clermont, prince du sang, dont les armes sont appliquées sur les plats. L'auteur, membre de la *Société des arts*, fondée par le comte de Clermont, s'empressa de lui adresser un exemplaire de son ouvrage qu'il dédia à Henri-François d'Aguesseau, chancelier de France, seigneur de Fresne, mort le 9 février 1751. » (*Note manuscrite.*)

148. Flaue Vegece, homme ‖ noble et illustre, du

fait de guerre : et fleur de cheualerie || quatre liures. || Sexte Jule Frontin, homme consulaire, des stratagemes, espèces, ⁊ || subtilitez de guerre, quatre liures. || Aelian de l'ordre et instruction des batailles, ung liure. || Modeste, des vocables du fait de guerre, ung livre. || Pareillement cxx histoires concernans le fait de guerre, ioinctes à Vegèce. || Traduicts fidellement du latin en françois ; ⁊ collationnez (par || le polygraphe humble secrétaire ⁊ historien du || parc dhonneur) aux livres anciens, || tant a ceulx de Bude, que || Béroalde, et || Bade. || *Imprime a Paris, par Chrestian Wechel. A l'enseigne de lescu de || Basle. En la rue sainct Jacques. Lan du salut des Chrestiens. MD.XXXVI.* In-fol. de 6 ff. prél. et 320 pages chiffrées, figures sur bois, le dern. feuillet a une figure sur bois au recto et une au verso, vélin.

Ouvrage curieux à cause des belles figures sur bois qu'il renferme. Bel exemplaire.

149. Discours sur la forme et manière qu'on devroit vser pour reduire la discipline militaire à meilleur et son ancien estat, composé en espagnol par don Sancho de Londoigno, maistre du camp, traduit de la langue espagnolle en françois, par Cornille de Roosenbourg, commissaire de Sa Majesté. *A Bruxelles, de l'impr. de Roger Velpius*, 1589. — Balthazaris Ayalæ J. E. et exercitus regii apud Belgas supremi ivridici de ivre et officiis bellicis et disciplina militari, libri III. *Antuerpiæ, ex off. Martini Nutii*, 1597. 2 ouvr. en 1 vol. in-8, mar. vert. (*Rel. anc.*)

Exemplaire aux secondes armes de J.-A. de Thou et de sa première femme Barbançon Cani. Les livres français aux armes de cet amateur sont rares.

150. L'Arithmétique et la Géométrie de l'officier; contenant la théorie et la pratique de ces deux sciences ; appliquées aux différens emplois de l'homme de guerre, par M. Le Blond. *A Paris*,

chez Ch.-Ant. Jombert, 1748. 2 vol. in-8, mar. r. fil. tr. dor. (*Rel. anc.*)

Exemplaire aux armes du marquis de Beringhen.

151. Exercitie memorie van de Compagnie Guardes van de Heeren Staten van Holland..., door Johan Boxel. *In's Graven Hage, N. van Cœvenhaven, s. d.* (1669). In-4, front, gr. et nombr. planches gr. en taille-douce, mar. la Vall. fil. dent. int. tr. dor. (*Hardy-Mennil.*)

Exemplaire aux armes de M. le comte de Mornay-Soult de Dalmatie.

---

152. Erreurs populaires et propos vulgaires touchant la médecine et le régime de santé, expliquez et réfutez par M. Laur. Joubert. *Bourdeaux, Millanges*, 1579. — Seconde partie des Erreurs populaires et Propos vulgaires touchant la médecine et le régime de santé, réfutés ou expliqués, avec des catalogues de plusieurs autres erreurs ou propos vulgaires, etc., et deux autres petits traités concernant les Erreurs populaires, avec deux paradoxes du même auteur. *Paris, Abel l'Angelier*, 1580. In-8, mar. orange, fil. (*Kœhler.*)

Exemplaire de M. Ch. Nodier et de Yemeniz.

Livre curieux dont on trouve rarement les deux parties réunies et en bon état.

153. Alexandri Aphrodisici Problemata, omnibus studiosis non minus utilia quam iucunda, græcè et latinè, Joannis Dassioni studio illustrata. *Parisiis*, 1541. In-12, mar. vert. fil. à fr. tr. dor. (*Capé.*)

154. Baptiste Platine de Cremone de lhonneste volupté, livre très nécessaire à la vie humaine pour observer bonne santé. 1539. *On les vend à Paris, par Pierre Sergent, demourant en la rue neufue nostre dame, a lenseigne Sainct Nicolas.* (A la fin :) *Cy fine Platine très utile et nécessaire pour le corps humain, qui traicte de honneste*

volupte et de toutes viandes profitables a lhomme : lequel a esté translate de latin en françoys, et augmente copieusement de plusieurs docteurs, principallement par messire Desdier Christol prieur de Sainct Maurice près Montpeslier. Et imprimé nouuellement a Paris, 1539. In-8, lettres rondes, mar. bl. fil. tr. dor. (*Closs.*)

Édition rare. Exemplaire de la bibliothèque Yemeniz.

155. Des Satyres brutes, monstres et démons, de leur nature et adoration contre l'opinion de ceux qui ont estimé les satyres estre une espèce d'hommes distincts et separez des Adamicques, par F. Hedelin. *A Paris, chez Nic. Buon*, 1627. Pet. in-8, mar. r. fil. dent. int. tr. dor. (*Chambolle-Duru.*)

156. De la Conservation des enfans, par M. Raulin, conseiller, médecin ordinaire du Roi. *Paris, chez Merlin*, 1768. 2 tomes en 3 vol. in-8, front. gr. de Gravelot, mar. r. fil. tr. dor. (*Rel. anc.*)

Bel exemplaire, sur GRAND PAPIER, aux armes de M. de SARTINES, lieutenant général de la police de Paris.

Ouvrage dédié au roi Louis XV.

157. Traité des fièvres continues..., par M. Quesnay. *A Paris, chez d'Houry*, 1753. 2 vol. in-12, mar. r. fil. tr. dor. (*Rel. anc.*)

Exemplaire aux armes de Louis, duc de Noailles, maréchal de France, mort le 22 août 1793.

158. GUAIACUM. L'EXPÉRIENCE ET APPROBATION Ulrich de Hutten, notable chevalier, touchant la médecine du boys dict Guaiacum, pour circòuenir et dechasser la maladie induement appellee françoyse... *On les vend à Lyon en la maison de Claude Nourry dict le Prince auprès Nostre Dame de Confort. S. d.* (A la fin :) Cy finist le livre de Ulrich de Hutten de la Maladie de Neaples, traduict et interpreté par maistre Jehan Cheradame Hypocrates, estudiant en la faculté de Medecine..., et du remède d'elle faicte par Guaia-

cum. Lequel puisse estre heureux et fortuné à tous ceulx qui en ont et auront besoing. — Pet. in-4, caract. goth. sign. A-Kiij. titre encadré et figure derrière le titre, mar. br. tr. dor.

Très-rare.

159. En quel temps on doit doner médecine. — Ci finist la nature des douze signes avec les sept planettes et cōposition au kadren a congnoistre les heures jour et nuyt. *Imprimé a Lyon aulx despens de Claude Dauphin, s. d.* 12 ff. in-16, en caract. goth. mar. vert, fil. tr. dor. (*Kœhler.*)

Exemplaire sur peau de vélin.

Jolies lettres peintes en miniature. Cet ouvrage paraît faire suite à un autre ; cependant il forme un tout bien complet.

Ex libris Desq.

160. Mémoire sur le danger des Inhumations précipitées, et sur la nécessité d'un règlement pour mettre les citoyens à l'abri du malheur d'être enterrés vivants, dans lequel on rapporte des observations de personnes enterrées et ouvertes vivantes, etc., etc., par M. Pineau. *A Niort, chez P. Elies*, 1776. In-8, mar. r. fil. tr. dor. (*Rel. ancienne.*)

Exemplaire aux armes de M. de Sartines, lieutenant général de la police de Paris.

---

161. Physique du Monde, par M. le baron de Marivetz et par M. Goussier. *A Paris, chez Quillau et le sieur Lafosse*, 1780-86. 6 vol. in-4, mar. r. fil. tr. dor. (*Rel. anc.*)

Bel exemplaire aux armes de la comtesse d'Artois.

162. Dissertation sur les tremblements de terre et les éruptions de feu qui firent échouer le projet formé par l'empereur Julien de rebâtir le temple de Jérusalem, où l'on prouve l'action immédiate de la Providence, ou un miracle proprement dit, pour maintenir la vérité des prophéties contre l'attaque réunie des Juifs et des Payens, par M. Warburton. *Paris, P.-G. Le Mercier*, 1754.

2 vol. in-12, mar. citr. fil. tr. dor. (*Rel. anc.*)

Exemplaire aux armes de **Mesdames**, filles de Louis XV.

163. Histoire générale des insectes de Surinam et de toute l'Europe, contenant leurs descriptions, leurs figures, leurs différentes métamorphoses, de même que les descriptions des plantes, fleurs et fruits, dont ils se nourrissent, et sur lesquels on les trouve le plus communément; avec quelques détails sur les crapauds, lézards, serpens, araignées et autres petits animaux de Surinam, peints sur les lieux d'après nature et gravés avec soin, par Mademoiselle Marie-Sybille de Merian. *A Paris, L.-C. Desnos,* 1771-73. 4 vol. in-fol. front. gr. et planches, veau marbr. tr. dor.

164. La Botanique, de J.-J. Rousseau, ornée de soixante-cinq planches imprimées en couleurs d'après les peintures de P.-J. Redouté. *Paris, Garnery, an XIV*-1805. Gr. in-fol. planches coloriés, demi-rel. bas. v. non rog.

Exemplaire avant **la lettre**.

165. Œnologie, ou Discours du vin et de ses excellentes propriétés, pour l'entretien de la santé et guérison des plus grandes maladies, par M. Laz. Meyssonnier. *A Lyon, par Louys Odin*, 1636. — Les Merveilleux Effets du vin, ou la Manière de guérir avec du vin seul, ou mixtionné facilement et sans grandes dépenses, les plus longues et enracinées maladies (par le même). *Lyon*, 1639. — 2 ouvr. en 1 vol. pet. in-8, mar. vert. fil. à froid, tr. dor. (*Duru*, 1851.)

Ouvrage rare et recherché. Exemplaire Yemeniz.

166. Art de faire éclorre et d'élever en toute saison des oiseaux domestiques de toutes espèces, soit par le moyen de la chaleur du fumier, soit par le moyen de celle du feu ordinaire, par M. de Réaumur. *A Paris, de l'Impr. royale*, 1749.

2 vol. in-12, figures, mar. r. fil. tr. dor. (*Reliure ancienne.*)

167. Arthur Mangin. — Les Jardins, histoire et description, dessins par Anastasi, Daubigny, V. Foulquier, Français, W. Freemann, H. Giacomelli, Lancelot. *Alfred Mame et fils*, 1867. Pet. in-fol. mar. r. coins et milieu dorés, dos orné, doublé de mar. vert, large dent. int. tr. dor. étui doublé en peau de chamois. (*Chambolle-Duru.*)

Exemplaire SUR PAPIER DE CHINE. Riche reliure.

---

168. Il secondo libro delle Cancellaresche Corsive e diverse maniere di lettere di Francesco Periccioli, scrittore in Siena. *Anno* 1610. In-4, oblong, vélin.

Ce volume est entièrement gravé, et les entourages présentent des arabesques variées.

169. Méthode et invention nouvelle de dresser les chevaux par le très-noble, haut et très-puissant prince Guillaume marquis et comte de Newcastle, pair d'Angleterre, œuvre auquel on apprend à travailler les chevaux selon la nature, et à parfaire la nature par la subtilité de l'art : traduit de l'anglois de l'auteur, par son commandement ; et enrichy de plus de quarante belles figures en taille-douce. *A Londres, chez J. Brindley*, 1737. In-fol. front. gr. et planches, veau br. ant.

170. Le Venerie de Jacques du Fouilloux, seigneur dudit lieu, gentilhomme du pays de Gastine en Poictou, par luy jadis dediée au très-chrestien roy Charles nevfiesme, et de nouveau reueuë et augmentée, outre les precedentes impressions. *A Paris, chez Abel l'Angelier*, 1606. In-4, figures sur bois, mar. vert, fil. tr. dor. (*Bertrand.*)

Les feuillets 10-34-35-69-72-113 à 116 et 122-23 ont été remmargés, soit en tête, soit en queue. Le feuillet Ff. IIII se trouve collé au verso du feuillet Ff. III.

171. Les Dons des enfans de Latone : la Musique et

la Chasse du cerf (par J. de Serré de Rieux). *A Paris, chez Prault, Desaint et J. Guérin*, 1734. In-8, front. br. figures de vénerie et musique notée, cart. *non rogné*.

Rare en cet état.

172. Libellus valdè doctus, elegans et utilis, multa et varia scribendarum literarum genera complectens. (*Absque nota*) *S. l. n. d.* (*Tigeri*, 1570). In-12 oblong sign. A.-O. par 4 ff. et P. 2 ff. figures sur bois, mar. r. jans. tr. dor.

Superbe exemplaire de cet ouvrage curieux et rare. L'exemplaire Yemeniz, cité par Brunet, était incomplet des 2 ff. P. qui se trouvent dans celui-ci.

173. Histoire des faïences de Rouen, pour servir de guide aux recherches des collectionneurs, ouvrage avec texte orné de 60 planches mises en couleur à la main, par Ris-Paquot. *Paris, E. Delaroque*, 1870. In-4, planches, en feuilles dans un carton.

Le titre porte la signature de M. Ris-Paquot.

174. Opera nuova nella quale se insegna il vero regimento delli huomini et delle dõne di qualunque grado, stato, e condition esser si voglia : composta per lo reverendissimo Padre Frate Giacobo da Cesole del ordine di predicatori sopra il giuoco delli Scacchi, intitulata Costume delli huomini et ufficii delli nobili, nuovamente stampata, 1534. Pet. in-8, mar, r. jans. tr. dor. (*Petit, succ. de Simier.*)

175. Traité des jeux de hazard, défendu contre les objections de M. de Joncourt, et de quelques autres, par J. La Placette. *A la Haye, chez H. Scheurleer*, 1714. In-12, veau f. dent. sur les plats, tr. dor.

BEAUX-ARTS

ET LIVRES A FIGURES.

---

176. Réflexions sur la manière d'étudier la couleur en comparant les objets les uns aux autres, par M. Oudry, professeur. — Pratique universelle de la peinture en mignature par l'explication du Livre des fleurs et d'oyseaux de feu Nic Robert, fleuriste. In-4, mar. vert, large dent. dos orné à l'oiseau, tr. dor. (*Rel. ancienne.*)

Manuscrits d'une belle écriture différente pour chacun.

177. La Vie des peintres flamands, allemands et hollandois, avec des portraits gravés en taille-douce, une indication de leurs principaux ouvrages, et des réflexions sur leurs différentes manières, par M. J.-B. Descamps. *A Paris, chez Ch.-Ant. Jombert*, 1753-63, 4 vol. — Voyage pittoresque de la Flandre et du Brabant (par le même). *A Paris, chez Desaint, Saillant, Pissot, Durand*, 1769, 1 vol. Ens. 5 vol. in-8, front. gr. vig. et portraits, mar. r. jans. tr. dor. (*Hardy-Mennil.*)

Bel exemplaire.

178. (Joannes a Duetecum, Lucas a Duetecum fecerunt.) Artis perspectivæ plurium generum elegantissimæ formulæ... Inuentor Joan. Fridmannus Frisius. Liber primus. *Excudebat Artuerpiæ Gerardus de Jode Neomagensis, an.* 1568. In-fol. obl. planches, cart.

Recueil curieux de 14 planches de fontaines et de détails d'architecture. Ces épreuves anciennes sont très-grandes de marges.

179. Musée royal de France, ou Collection gravée des chefs-d'œuvre de peinture et sculpture dont il s'est enrichi depuis la Restauration : publiée par

Mme Ve Filhol. *Paris, Filhol*, 1827. In-4, demi-rel. bas. r. non rogné.

Exemplaire en papier vélin. Épreuves AVANT LA LETTRE, avec les EAUX-FORTES.

Il manque le texte de la sixième livraison.

Ce volume s'ajoute au *Musée* Filhol, dont il forme le onzième tome.

180. Les Émaux de Petitot du Musée impérial du Louvre. Portraits de personnages historiques et de femmes célèbres du siècle de Louis XIV, gravés au burin par M. L. Céroni. *Paris, Blaisot*, 1862. 2 vol. in-4, portrait, mar. bl. fil. à froid, dent. int. tr. dor. (*Petit, succ. de Simier.*)

Très-bel exemplaire, avec les FIGURES SUR CHINE, AVANT LA LETTRE.

181. Galerie de saint Bruno, fondateur de l'ordre des Chartreux, peinte par E. Le Sueur, dessinée et gravée par A. Villerey. *A Paris*, 1808, *de l'imp. de Didot*. In-8, portr. et figures, mar. r. fil. à comp. tr. dor.

182. La Gallerie du Palais de Luxembourg, peinte par Rubens, dessinée par les Srs Nattier, et gravée par les plus illustres graveurs du temps, dédiée au Roy. *Se vend à Paris, chez le Sr Duchange*, 1710. Gr. in-fol. max. 27 planches, demi-rel. avec coins, mar. r. doré en tête, non rogné.

Bel exemplaire de premier tirage, épreuves avant les numéros.

Les portraits de Rubens et de François de Médicis sont remontés.

183. GALERIE DU LUXEMBOURG, des Musées, palais et châteaux royaux de France, contenant la collection des tableaux de l'École française depuis David......., publiée par Aug. Liébert. *Paris*, 1822. Gr. in-fol. planches, demi-rel. mar. r. non rog.

Figures tirées sur *papier de Chine*.

On a ajouté à cet exemplaire : 1° La figure *d'Endymion*, épreuve AVANT LA LETTRE : 2° L'EAU-FORTE *d'Atala* : 3° L'EAU-FORTE *d'Ajax*, devenue très-rare : et 4° Deux épreuves *d'Andromaque au tombeau d'Hector*, dont une AVANT LA LETTRE, et l'autre lettre grise (inédite).

Exemplaire provenant de la bibliothèque de M. Emm. Martin.

184. Galerie Aguado. Choix des principaux ta-

bleaux de la galerie de M. le marquis de las Marismas del Guadalquivir; notices sur les peintres, par L. Viardot. *Paris, Gavard, s. d.* In-fol. planches, demi-rel. chagr. n. tr. dor.

Exemplaire de M. Guizot, avec des initiales sur les plats.

185. Galeries historiques du palais de Versailles. *Paris, Garnier*, 1853. In-4, demi-rel. chag. citr.

Album de 100 gravures sur acier.

186. Collection de cent vingt estampes, gravées d'après les tableaux et dessins qui composaient le Cabinet de M. Poullain, précédée d'un Abrégé historique de la vie des auteurs qui la composent; cette suite a été exécutée, sous la direction du sieur Fr. Basan, graveur, etc., *Se vend à Paris, chez Basan et Poignant*, 1781. In-4, cart. non rogné.

Superbes épreuves. Ce magnifique exemplaire est NON ROGNÉ, ce qui est fort rare.

187. Ecclesiæ militantis triumphi sive amabilium martyrum gloriosa pro Christi fide certamina: opera R.R. Patrum Societatis Jesu. Collegij Germanici et Hungarici moderator., impensa S. D. N. Gregorii P.P. XIII, in ecclesia S. Stephani Rotundi, Romæ Nicolai Circiniani pictoris manu uisuntur depicta. Ad excitandam deuotionem a Joanne Baptista de Cavallerijs. *Editæ Romæ, ex off. Bartholomæi Grassi*, 1585. 35 planches, y compris le titre, gr. et 1 f. p. la dédicace. — Ecclesiæ anglicanæ trophea, sive sanctor. martyrum qui pro Christo catholicæque fidei veritate asserenda antiqua recentioriq. persecutionum tempore mortem in Anglia subierunt, passiones, Romæ in collegio anglico per Nicolaum Circinianum depictæ, nuper autem per Jo. Bap. de Cavallerijs repræsentatæ. *Romæ, ex off. Barth. Grassi*, 1584. 36 planches y compris le titre,

front. gr. Ens. 2 ouvr. réun. en 1 vol. in-fol. veau anc. tr. dor.

Joli recueil de 71 planches gravées pour ces deux ouvrages ; le titre de *Ecclesiæ Militantis*.... est un peu plus court que les planches.

188. Recueil contenant : Livre de portraicture d'Annib. Carrache. *A Paris, chez de Poilly, s. d.* 30 planches. — Second livre de Trophées (par Ant. Watteau). *S. d.* 6 planches, contenant 11 trophées, plus le frontispice. — Troisième livre de cartouches (par de la Joüe, et Mondon). *S. d.* Le tout en 1 vol. in-4, obl. bas.

Les deux dernières parties furent publiées à Augsbourg, par Jean-Georges Merz, ainsi qu'il est indiqué sur chaque planche, par la mention : *Joh. Georg. Merz excud. Aug. Vind.*

Ces planches d'ornements, surtout celles de Watteau, sont recherchées.

189. Illustri fatti Farnesiani coloriti nel real Palazzo di Caprarola dai fratelli Taddeo Federico e Ottaviano Zuccari... disegnati e coll'acqua forte incisi in rame da Giorgio Gasparo de Prenner. *In Roma, nel* 1748. Gr. in-fol. portr. et planches, veau f. large dent. à mosaïque, dos orné. tr. dor. (*Rel. anc.*)

Superbes épreuves. Cet exemplaire est orné d'une belle reliure à large dentelle peinte à mosaique ; cette reliure a été restaurée ; ce n'en est pas moins un beau spécimen de la reliure italienne du temps.

Exemplaire de M. Emm. Martin.

190. RECUEIL DE DESSINS ORIGINAUX à la sépia, avec explications tirées du Dictionnaire iconologique. In-fol. veau ant. marb.

Ce recueil contient 150 dessins très-bien exécutés, avec deux tables manuscrites, comme les explications, et paraissant dater du commencement du XVIIIe siècle.

Quatre de ces dessins ont été arrachés du recueil.

De la bibliothèque de M. Guizot.

191. ORNEMENTS inuentez par J. Berain. *Et se vendent chez ledit autheur aux galleries du Louvre. Avec privilège du Roy. S. d.* Gr. in-fol. veau ant.

Superbe exemplaire contenant : Frontispice (le Neptune françois), le titre, 2 pièces de D. Marot, dont l'une représente le Théâtre du Roy ; 40 grandes planches d'arabesques, 10 d'armes, de pendules etc., 3 torchères, 2 carrosses, 1 frise et chapiteaux, 15 de cheminées, 1 marchande de modes, 2 de navires, 19 catafalques, et 22 de costumes, 119 planches plus 5 planches ajoutées.

192. M. Vitruvii Pollionis de Architectura libri decem. *Amstelodami, apud Lud. Elzevirium, anno* 1649. In-fol. titre front. gr. et figures sur bois tirées dans le texte, vélin.

Belle édition, très-bien imprimée. Exemplaire provenant de la bibliothèque de M. Emm. Martin.

193. L'Architettura di Vitruvio esposta in Italia favella ed illustrata con comenti et tavole cento quaranta, da Luigi Marini. *In Roma*, 1836-37, 3 vol. In-fol. planches, demi-rel. avec c. vél. bl. marb. en tête, non rog.

194. Les dix livres d'Architecture de Vitruve, corrigez et traduits nouvellement en françois, avec des notes et des figures, par M. Perrault. *A Paris, chez J.-Bapt. Coignard*, 1684. In-fol. nombr. planches, veau aut.

195. Cours d'architecture qui comprend les ordres de Vignole, avec des commentaires, les figures et les descriptions de ses plus beaux bâtimens, et de ceux de Michel-Ange..., par le sieur C. A. d'Aviler, architecte. *A Paris, chez J. Mariette*, 1738. In-4, nombr. planches, mar. r. fil. dos orné, tr. dor. (*Reliure ancienne.*)

Exemplaire sur GRAND PAPIER.

196. Les OEuvres du sieur Le Muet. Manière de bien bastir pour toutes sortes de personnes, contenant plusieurs figures, plans et élévations des plus beaux bastimens et édifices de France. *S. l. n. d.* (privilège daté de 1681). In-fol. titre gr. et planches, demi-rel. bas. ant.

197. Vestigia delle terme di Tito e loro interne pitture. *Roma, Lod. Mirri*. In-fol. max. oblong, 60 planches grav. par M. Carloni d'après les dessins de F. Smugliewiez et Brenna, plus un f. contenant l'épître dédicatoire, demi-rel. avec c. mar. r. doré en tête, éb. (*Pagnant.*)

Exemplaire monté sur onglets.

198. MONOGRAPHIE de la cathédrale de Bourges, par les P.P. Arthur Martin et Ch. Cahier. *Paris, Poussielgue-Rusand*, 1841-44. Très-gr. in-fol. planches n. et en coul. demi-rel. avec c. chag. bl. fil. doré en tête, non rog. (*Lebrun.*)

199. Monumens érigés en France à la gloire de Louis XV, précédés d'un tableau du progrès des arts et des sciences sous ce règne, ainsi que d'une description des honneurs et des monumens de gloire accordés aux grands hommes, tant chez les anciens que chez les modernes, etc., par M. Patte. *A Paris*, 1765. In-fol. planches, veau marb.

200. Monographie de château de Heidelberg, dessinée et gravée par Rodolphe Pfnor, accompagnée d'un texte historique et descriptif par D. Ramée. *Paris, Morel*, 1859. In-fol. 14 planches teintées, demi-rel. avec coins, chag. vert, fil. éb.

Exemplaire monté sur onglets.

201. Raccolta delle principali fontane dell' inclitta città di Roma dessegnate et intagliate da Domenico Parasacchi. *In Roma, l'anno* 1637, *appresso Gio. Batt*[a] *de Rossi*. In-4, 21 planches y compris le titre, vél. fil. (*Rel. anc.*)

Jolies figures à l'eau-forte.

202. Villa Médicis, à Rome, dessinée, mesurée, publiée et accompagnée d'un texte historique et explicatif, par V. Baltard. *Paris*, 1847. Gr. in-fol. 18 planches, demi-rel. mar. vert, ébarbé.

203. Excursions daguerriennes : vues et monuments les plus remarquables du globe. *A Paris, chez Rittner et Goupil, Lerebours et H. Bossange*, 1842. 2 vol. in-4 oblong, planches, demi-rel. chag. viol. tr. dor.

Album de vues gravées. Épreuves sur chine.

204. Dictionnaire des graveurs anciens et mo-

dernes, depuis l'origine de la gravure, par F. Basan. *A Paris*, 1789. 2 vol. in-8, figures, vél. bl. fil. non rognés. (*Rel. mod.*)

Bel exemplaire possédant la figure du *Rossignol*.

205. Images des héros et des grands hommes de l'antiquité, dessinées sur des médailles, des pierres antiques et autres monumens, par Jean-Ange Canini, gravées par Picart le Romain, etc., avec les observations de Jean-Ange et Marc-Ant. Canini, données en italien sur ces images, diverses remarques du traducteur, et le texte original à côté de la traduction. *A Amsterdam, chez B. Picart et J.-F. Bernard*, 1731. In-4, nombreux portraits, mar. r. fil. dos orné, tr. dor. (*Reliure ancienne.*)

206. Icones, id est veræ imagines virorum doctrina simul et pietate illustrium..., accedunt emblemata, Theodoro Beza auctore. *Genevæ*, *apud J. Laonium*, 1580. Pet. in-4, fig. gr. sur bois, vél. estampé. (*Rel. du* XVIe *siècle.*)

Livre curieux et recherché, surtout pour les 44 charmantes figures d'emblèmes, parfaitement gravées sur bois, qui se trouvent à la fin.
Bel exemplaire, grand de marges, dans sa première reliure.

207. Les Hommes illustres qui ont paru en France pendant ce siècle, avec leurs portraits au naturel, par M. Perrault. *A Paris, chez Ant. Dezallier*, 1696-1700. 2 tomes en 1 vol. in-fol. front. gr. et portraits, demi-rel. avec c. mar. r. fil. tr. marb. (*Capé.*)

208. Galerie française, ou Portraits des hommes et des femmes célèbres qui ont paru en France, gravés en taille-douce, sous la conduite de M. Restout, avec un abrégé de leur vie par une société de gens de lettres. *A Paris*, *chez Hérissant*, 1771. 2 tomes en 1 vol. in-fol. portraits, demi-rel. bas. ant.

Les portraits, dessinés par Monnet, Lépicier, Lunebourg, Champagne, Duplessis, Nattier, H. Rigaud, Cochin, de la Tour, etc., sont très-beaux d'épreuves.

209. L'EUROPE ILLUSTRE, contenant l'histoire abrégée des souverains, des princes, des prélats, etc., etc., par M. Dreux du Radier. *A Paris, chez Nyon,* 1777. 6 vol. in-4, front. gr. et portraits d'Odieuvre, v. f. ant. fil. tr. dor. (*Reliure ancienne.*)

Très-bel exemplaire de PREMIER TIRAGE. PORTRAITS AVANT LES CADRES.

210. Monument national. Portraits des députés, écrivains et pairs constitutionnels, défenseurs invariables de la Charte et de la loi des élections du 5 février 1817, dessinés et gravés par Ambr. Tardieu. *A Paris,* 1820-21. In-4, portraits lithogr. demi-rel. avec c. mar. r. doré en tête, non rogné. (*A. Bertrand.*)

211. Collection de vingt-quatre portraits de la famille impériale, peints par H. Benner. *Saint-Pétersbourg, chez M. Saint-Florent, s. d.* Pet. in-fol. mar. vert, large dent. sur les plats, doublé de soie verte, tr. dor.

On a joint à cet exemplaire la suite des épreuves AVANT LA LETTRE ; ce qui porte le nombre des estampes à 48.

212. Divers Costumes français du règne de Louis XIV, par S. Le Clère. Suite de 20 planches réunies en 1 vol. in-4, demi-rel. mar. bl. non rogné.

Les épreuves sont remontées. Exemplaire provenant de la bibliothèque de M. Emm. Martin.

213. Costumes et Annales des grands théâtres de Paris, en figures au lavis et coloriées, ouvrage destiné à représenter le costume exact de nos comédiens les plus éclairés, à relever les erreurs des faux costumes, avec des recherches sur les habillements de l'antiquité et des nations étrangères, etc., etc., par M. de Charnois. *Paris, Janinet, s. d.* 3 années en 6 vol. in-8, figures en partie coloriées, veau ant. marb.

214. Costumes suisses. In-4, mar. r. fil. à comp.

dorés sur les plats, dent. int. tr. dor. (*Ve Niedrée.*)

Recueil de 44 planches peintes par Reinhard et publiées par P. Birmann et J.-F. Huber, à Bâle.

215. Recueil de cent estampes représentant différentes nations du Levant, tirées sur les tableaux peints d'après nature en 1707 et 1708 par les ordres de M. de Ferréol, et gravées en 1712 et 1713 par les soins de M. Le Hay. *Ce recueil se vend à Paris, chez led. sieur Le Hay et le sieur Ducange*, 1714. Gr. in-fol. planches, veau ant. marb.

Cassure à la planche 56.

216. Les Réjouissances de la paix, faites dans la ville de Lyon, le 20 mars 1660. *A Lyon, par Guill. Barbier*, 1660. Petit in-fol. de 50 pp. planches, veau ant. fil. (*Aux armes de la ville de Lyon.*)

Volume orné de 18 grandes planches finement gravées.

217. Les Plaisirs de l'isle enchantée, ou les Festes et divertissements du Roy, à Versailles, divisez en trois journées, et commencez le 7me jour de may de l'année 1664. In-fol. planches, demi-rel. bas. ant.

Les 18 grandes planches qui composent ce recueil sont gravées et dessinées par Israël Silvestre, sauf les planches 1, 2, 3, 4, 5, 13, 15, 16, 17, 18 qui sont dues à Le Pautre, et la planche 14 à Chauveau. Le frontispice, dessiné et gravé par Israël Silvestre, représente une *Veue du chasteau de Versailles.*

218. Description des Festes données par la ville de Paris à l'occasion du mariage de Madame Louise-Élisabeth de France et de dom Philippe, Infant et grand amiral d'Espagne, les vingt-neuvième et trentième août mil sept cent trente-neuf. *A Paris, de l'impr. de P.-G. Le Mercier*, 1740. In-fol. max. 13 planches, dont 8 sont doubles et 5 simples, dessinées et gravées par Blondel, mar. r. dos orné de fleurs de lis, dent. sur les plats, tr. dor. (*Rel. anc. aux armes de la ville de Paris.*)

Sur le titre une vignette représentant les armes de la ville de Paris, portées par deux Amours ailés, dessinés par Bouchardon, gravés par P. Soubeyran. Ces planches sont accompagnées de 22 pp. de texte ornées d'une tête de page dessinée et gravée par Rigaud. Le bas des marges du texte a été atteint par l'humidité.

219. Représentation des fêtes données par la ville de Strasbourg pour la convalescence du Roy, à l'arrivée et pendant le séjour de Sa Majesté en cette ville, inventé, dessiné et dirigé par J.-M. Weiss. *Paris, Laurent Aubert, s. d.* (1744). Gr. in-fol. veau ant. marb. tr. dor. (*Aux armes de France.*)

Ce volume contient 11 grandes et belles planches doubles, gravées par Ph. Le Bas; le portrait de Louis XV, gravé par Wille, et XXI pages de texte gravé.

220. La Danse des noces, par Hans Scheufelein, reproduite par Johannes Schratt et publiée par Edwin Tross, avec une Notice biographique sur Hans Scheufelein, par M. le Dr A. Andresen. *Paris, Tross,* 1865. In-fol. planches, cart. non rogné.

221. Trois Danses des morts, soixante-douze gravures en bois. Épreuves d'artiste. *Paris, Edwin Tross,* 1856. Pet. in-8, mar. br. fil. à fr. milieu doré, dent. int. tr. dor. (*Hardy-Mennil.*)

Exemplaire sur PEAU DE VÉLIN.

222. Le Imprese heroiche et morali ritrovate da M. Gabriello Symeoni Fiorentino. *In Lyone, appresso Guglielmo Rovillio,* 1559. In-4 de 51 pp. y compris le titre; au verso de la dernière page l'extrait du privilège, figures sur bois, mar. la Vall. fil. à fr. milieu doré, tr. dor. (*Capé.*)

Bel exemplaire, dont les figures curieuses sont très-bonnes d'épreuves.

223. WESTERHOVIUS (Arn.-Henr.). Hieroglyphica of Merkboelden, *c'est-à-dire* hiéroglyphes, ou emblèmes des Egyptiens, Chaldéens, Phéniciens, Juifs, etc. (*en hollandais*). *Amsterdam,* 1735. Gr. in-4, 63 figures de Romain de Hooghe, veau est. avec fermoirs en cuivre.

Exemplaire *sur grand papier.*

224. Recueil de figures historiques, symboliques et tragiques, pour servir à l'histoire du XVIIIe siècle. *A Amsterdam, chez Ray*, 1762. Gr. in-8, demi-rel. veau ant.

Ce recueil, composé de 42 planches, est rare et curieux. Les planches sont à toutes marges.

225. Iconologie par figures, ou Traité complet des allégories, emblèmes, etc., ouvrage utile aux artistes, aux amateurs et peuvent (*sic*) servir à l'éducation des jeunes personnes, par MM. Gravelot et Cochin. *A Paris, Lattré, s. d.* 4 vol. in-8, titres gravés et figures, demi-rel. mar. r. dorés en tête, *non rognés*.

Bel exemplaire. Bonnes épreuves des figures.

226. Les Images de la Mort, auxquelles sont adjoustées dix-sept figures. Davantage, la Medecine de l'âme, la Consolation des malades, etc..... *A Lyon, par Jehan Frellon*, 1562. Pet. in-8, figures sur bois, mar. r. fil. tr. dor. (*Reliure ancienne.*)

Le dernier feuillet a été déchiré à moitié et remplacé par un morceau manuscrit. Plusieurs feuillets sont trop rognés.

227. Les Images, ou Tableaux de platte peinture des deux Philostrates sophistes grecs et les statues de Callistrate, mis en françois par Blaise de Vigenere, enrichis d'arguments et d'annotations, reueus et corrigez sur l'original et representez en taille-douce avec des épigrammes sur chacun d'iceux par Arthus Thomas, sieur d'Embry. *A Paris, chez la Ve Abel L'Angelier et la Ve Guillemot*, 1615. In-fol. joli titre gr. et figures gravées par Jaspar Isac, Léon Gaultier et Th. de Leeu, mar. r. doublé de mar. r. tr. dor. (*Reliure ancienne.*)

Bel exemplaire réglé, en grand papier.

228. Le Temple des Muses, orné de LX tableaux où sont représentés les évènements le plus remarquables de l'antiquité fabuleuse; dessinés et gravés par B. Picart le Romain, et accompagnés d'explications et de remarques, etc. *A Amsterdam, chez Z. Chatelain*, 1733. In-fol. planches, mar. citr. fil. tr. dor. (*Reliure ancienne.*)

Bel exemplaire, orné d'une bonne reliure ancienne.
Ex libris QUENTIN-BAUCHART.

229. Médailles sur les principaux évènements du règne entier de Louis le Grand, avec des explications historiques. *A Paris, de l'Impr. roy.*, 1723. Gr. in-fol. front. par Coypel, titre et texte encadr. et figures de médailles à chaque ff. mar. r. fil. dos orné, tr. dor. (*Rel. anc.*)

Bel exemplaire aux armes de France sur les plats avec le chiffre royal sur le dos. On a ajouté une planche gravée par S. Le Clerc, et un beau portrait.
La préface imprimée manque à cet exemplaire, on l'a remplacée par une copie manuscrite.

230. Figures de l'Histoire de la République romaine, accompagnées d'un précis historique, ouvrage exécuté d'après les dessins de S. D. Mirys. *A Paris, an VIII.* In-4, planches, veau ant. fil. tr. marbr.

Bonnes épreuves. Ouvrage contenant 180 pages et 23 planches, avec texte explicatif gravé au bas de chacune.

231. L'Amour et Psyché, d'après le roman d'Apulée. *S. l. n. d.* Gr. in-fol. demi-rel. avec c. mar. r. doré en tête, non rog. (*David.*)

Suite de vingt planches dessinées et gravées à l'eau-forte par Lorenz Frolich.
Exemplaire monté sur onglets.

232. Tableaux topographiques, pittoresques, historiques, moraux et politiques de la Suisse (publiés par J.-B. de La Borde.) *Paris*, 1780-88. 4 vol. in-fol. dont 2 de planches, veau ant. marb.

Bel exemplaire de cet ouvrage, recherché pour les gravures dont il est orné.

233. Suite complète des 31 figures de Coypel, gravées par B. Picart, Schley, etc., pour illustrer don Quichotte. In-fol. cart.

Premier tirage, superbes épreuves à toutes marges.

234. Collection de vingt estampes représentant des sujets de la Messiade, poëme épique de Klopstock, gravées par M. John, d'après les dessins de Füger, pour la traduction hollandoise du poëme, par M. J. de Meerman; on y a joint une description tirée en partie des passages mêmes de la Messiade, qui ont fourni les sujets des gravures. *A Paris, chez Treuttel et Würtz*, 1813. In-fol. portr. et planches, mar. viol. large dent. tr. dor. (*Doll.*)

Bel exemplaire, très-rare.

On a ajouté deux beaux portraits, l'un gr. par Geyser d'après Fuel; et l'autre, gravé par Pigeot, sur chine. *Ex libris* de M. Emm. Martin.

235. Recueil de cent sujets de divers genres, dessinés et gravés à l'eau-forte, par J. Duplessis-Bertaux, représentant toutes sortes d'ouvriers occupés de leurs travaux, scènes de comédie, scènes populaires, mendians, militaires, cavaliers, chevaux à l'abreuvoir, foires, danses de villages, etc., etc. *A Paris*, 1814. In-4 oblong, portr. et planches, mar. r. fil. dos orné, dent. int. tr. dor. (*Lortic.*)

Bel exemplaire.

Le titre et et les notes historiques sont en anglais et en français.

236. Suite de 18 planches gravées à l'eau-forte par Foulquier pour les caractères de La Bruyère. *S. l. n. d.* In-fol. demi-rel. avec c. mar. r. fil. doré en tête, éb.

Exemplaire monté sur onglets.

237. Principes de caricatures, suivi d'un Essai sur la peinture comique, par Fr. Grose, traduits en français avec des augmentations. *A Paris, chez Ant.-Aug. Renouard, an X*, 1802. Gr. in-8, planches, cart. non rog.

Exemplaire sur GRAND PAPIER VÉLIN.

238. ALMANACH ET GROTESQUE. In-folio vélin vert.

Recueil de 94 planches reliées et de 23 planches détachées.

L'*Almanach de la Cour* est dédié à la reyne Anne d'Autriche par *Françoise Poirier*. Il est suivi de caricatures du temps, principalement contre les Espagnols, pièces de circonstances, gravures sur les événements de chaque jour, la plupart avec légende.

Affiches en rébus. Parmi les pièces détachées on remarque *la Tour de Nesle*, d'après Callot, 2 planches; *le Médecin passant fantaisie*, etc., etc. Quelques pièces plus grandes que les autres ont été rognées.

239. Roma perturbata... *Gedrukt tot Loven*, 1707. Pet. in-fol. demi-rel. mar. r. doré en tête, non rogné. (*A. Bertrand.*)

Suite de 13 planches de caricatures contre le pape et les moines, avec un texte explicatif en hollandais.

Le titre est remonté.

240. La Rigenerazione dell' Olanda, specchio a tutti i Popoli rigenerati. *Venezia*, 1799, *appresso Giovanni Zatta*. Pet. in-fol. demi-rel. v. f. ant.

Cet ouvrage renferme 20 caricatures très-curieuses, tirées au bistre, contre les fonctionnaires des différents comités révolutionnaires.

Ces planches sont accompagnées d'un texte en français et en italien.

241. La Caricature, journal fondé et dirigé par Ch. Philippon. *Paris, Aubert*, du 4 novembre 1830 au 27 août 1835. 5 vol. gr. in-4, figures noires et col. demi-rel. bas. r. éb.

Collection rare en raison des poursuites et saisies dont elle a été l'objet lors de sa publication.

242. Le Charivari. 5 vol. in-4, cart.

Ce sont des numéros dépareillés et des figures détachées.

243. Le Journal pour rire et ensuite Journal amusant, dirigé par Ch. Philippon, années 1855 et 1861. 2 vol. in-fol. demi-rel. veau.

---

244. Claude Le Jeune. — Le Printemps, à 2, 3, 4, 5, 6, 7 et 8 parties. *Paris, Ballard*, 1603. — Meslanges de la musique de Cl. Le Jeune, à 4, 5, 6, 7, 8 et 10 parties. *Paris*, 1612. — Dodecacorde, contenant douze pseaumes de David, à 2, 3, 4, 5, 6 et 7 voix. *La Rochelle, par H. Haultin*, 1598. Ens. 4 part. en 1 vol. in-8 oblong, musique notée.

Recueil de musique avec paroles, peu commun.

Un coin du titre de la première partie a été enlevé.

BELLES-LETTRES.

I. LINGUISTIQUE.

245. Dictionarium historicum, geographicum, poeticum... *Lugduni, apud Joannem Pillehotte*, 1603. In-4, mar. citr. riche dorure. (*Reliure ancienne.*)

Exemplaire aux armes de Anne-Geneviève de Bourbon, duchesse de Longueville. On a gratté un nom sur le titre et recollé un morceau de papier pour boucher le trou; le dos de la reliure a été réparé, et le plat verso est taché d'encre.

Piqûres de vers et mouillures.

246. Dictionnaire universel françois et latin, vulgairement appelé Dictionnaire de Trévoux. *A Paris*, 1771. 8 vol. in-fol. veau ant. marb.

Bonne édition.

247. M. Verrii Flacci quæ extant, et Sex. Pompei Festi de verborum significatione libri xx. Josephi Scaligeri, Julii Cæsaris F., in eosdem libros castigationes, recognitæ et auctæ. *Lutetiæ, apud Mamertum Patissonium, in officina Rob. Stephani*, 1576. Pet. in-8, mar. r. fil. tr. dor. (*Derome.*)

248. Joannis Passeratii de literarum inter se cognatione ac permutatione liber. *Parisiis, Dav. Douceur*, 1606. — Joannis Passeratii, eloquentiæ professoris et interpretis, orationes et præfationes. *Parisiis, apud Dav. Douceur*, 1606. Ens. 2 vol. pet. in-8, mar. la Vall. fil. comp. coins et dos ornés, tr. dor. (*Capé.*)

Très-beaux exemplaires, grands de marges, de la bibliothèque de M. Emm. Martin.

249. M. Fabii Quintiliani, oratoris eloquentissimi, Institutionum oratoriarum libri XII. *Parisiis, ex officina Rob. Stephani*, 1542. In-4, veau marb. fil. tr. dor.

Exemplaire de LONGEPIERRE, avec les insignes de la Toison-d'or sur les plats et sur le dos.

250. Ælii Aristidis Adrianensis oratoris clarissimi orationum tomi tres nunc primum latine versi a Gulielmo Cantero. *Basileæ, Petrus Perna, s. d.* (1566). In-fol. mar. citr. fil. (*Rel. anc.*)

Exemplaire aux premières armes de J.-A. DE THOU.

251. Grammaire générale et raisonnée... (par Ant. Arnauld et Cl. Lancelot, avec des remarques par Duclos). *Paris, Delalain*, 1769. — Réflexions sur les fondemens de l'art de parier, pour servir d'éclaircissement à la Grammaire générale, par l'abbé Fromant. *Paris, Prault*, 1769. En 1 vol. in-12, mar. r. fil. tr. dor. (*Reliure ancienne.*)

Aux armes de France sur les plats.
De la bibliothèque de M. E. Odiot.

252. Dictionnaire françois, contenant généralement tous les mots, et plusieurs remarques sur la langue françoise : ses expressions propres, figurées et burlesques, la prononciation des mots les plus difficiles, le genre des noms, la conjugaison des verbes, etc., etc., le tout tiré de l'usage et des bons auteurs, par Richelet. *A Genève, impr. pour D. Ritter, chez V. Miège*, 1693. 2 part. en 1 vol. in-4, veau ant. marbr. tr. dor. (*Texte à 2 colonnes.*)

Édition non expurgée.
Le titre et le premier f. de l'épitre sont remmargés en tête.

253. Dictionnaire de rimes dans un nouvel ordre, où se trouvent : 1° Les mots et le genre des noms; 2° Un abrégé de la versification ; 3° Des remarques sur le nombre des sillabes de quelques mots difficiles, par P. Richelet. *A Paris, chez Fl. et P. Delaulne*, 1702. In-12, veau f. ant. fil. (*Rel. anc.*)

Exemplaire aux armes du comte D'HOYM.

II. POÈTES.

254. Miscellanea græcorum aliquot Scriptorum Carmina, cum versione latinâ et notis (Collect.

Mich. Maittaire). *Londini, typis Gulielmi Bowyer*, 1722. Gr. in-4, veau ant. fil.

Bel exemplaire réglé.

255. Homère. L'Iliade, traduite en françois (avec le texte en regard), par Dugas-Montbel. *Paris*, *F.-Didot*, 1828-30. 3 vol. — Observations sur l'Iliade (par le même). *Paris*, 1829. 2 vol. — L'Odyssée, traduite en français par Dugas-Montbel, *Paris*, 1833. 3 vol. — Observations sur l'Odyssée (par le même). *Paris*, 1833. 1 vol. Ens. 9 vol. in-8, demi-rel. veau fr. marb. (*Bauzonnet*.)

On a ajouté à cet exemplaire 3 portraits d'Homère, par A. Saint-Aubin, Marillier et la suite complète des 75 vignettes au trait, gravées d'après les compositions de John Flaxmann, par E. Schuler, et publiés à Carlsruhe.

Ex libris Pieters.

256. Les Dix premiers Livres de l'Iliade d'Homère, prince des Poëtes. Traduictz en vers françois, par M. Salel, de la chambre du Roy et abbé de S. Cheron, avec privilége du Roy. *On les vent à Paris, au Palais en la Galerie, près la Chancellerie, en la boutique de Vincent Sertenas*, 1545. In-4, figures sur bois, vélin.

Édition rare, très-bien imprimée et ornée de 40 belles figures sur bois, grav. au trait, dans le style de celles de Geof. Tory. Les initiales sont ornées à fond criblé et dessinées avec un goût parfait.

Au verso du dernier feuillet, se trouve la marque de l'imprimeur, *Jehan Loys*. Exemplaire dans sa première reliure.

257. L'Iliade d'Homère, traduite en vers, avec des remarques et un discours sur Homère : nouvelle édition, augmentée d'un examen de la Philosophie d'Homère ; par M. de Rochefort. *A Paris, chez Saillant et Nyon*, 1772. 3 vol. in-8, portr. mar. r. fil. dos orné, tr. dor. (*Rel. anc.*)

258. Quinti Horatii Flacci poëmata, scholiis sive annotationibus instar commentarii illustrata à Joanne Bond. *Amstelodami, apud D. Elzevirium*, 1676. In-12 front. gr. cart.

Jolie édition.

Hauteur : 130 millimètres.

259. QUINTI HORATII FLACCI Opera. *Londini, æneis tabulis incidit Johannes Pine*, 1733-37. 2 vol. gr. in-8, front. gr. figures vig. et culs-de-lampe, mar. vert. fil. tr. dor. (*Rel. anc.*)

Exemplaire de PREMIER TIRAGE, aux armes de *Mérard de Saint-Just.*

260. Quinti Horatii Flacci poëmata, scholiis sive annotationibus, instar commentarii, illustrata à Joanne Bond. Editio nova. *Aurelianis, typis Couret de Villeneuve*, 1767. In-12, mar. r. fil. tr. dor. (*Rel. anc.*)

Édition bien imprimée en petits caractères.

261. Quintus Horatius Flaccus. *Parisiis, exc. P. Didot*, 1799. Gr. in-fol. vig. de Percier, demi-rel. avec c. cuir de Russie, non rog.

Belle édition, très-bien imprimée.

262. Quintus Horatius Flaccus. *Londini, Gulielmus Pickering*, 1824. In-32, mar. r. jans. tr. dor. (*Chambolle-Duru.*)

263. OEuvres complètes d'Horace, par ordre de production, traduction de Goupy. *Paris, F.-Didot*, 1857. In-12, mar. r. fil. tr. dor. (*Capé.*)

264. PUBL. VIRGILII MARONIS Bucolica, Georgica et Æneis... *Argentorati, Phil. Jacob. Dannbach*, 1789. 2 vol. in-fol. figures, mar. r. fil. dos orné à petits fers, tr. dor. (*Capé.*)

Très-bel exemplaire de M. Emm. Martin. L'un des *deux* tirés sur **PEAU DE VÉLIN**. On y trouve de très-belles gravures ; celles de l'édition de Didot, d'après Gérard et Girodet, épreuves **AVANT LA LETTRE**, avec plusieurs **EAUX-FORTES** rares (8 eaux-fortes et 2 épreuves d'artiste). — On a ajouté deux **DESSINS ORIGINAUX** sur **PEAU DE VÉLIN**, à la plume et au lavis (*Orphée et Eurydice*), avec les gravures pour les *Géorgiques*. — *Un beau dessin* à la sépia par Laffitte (*le Quos ego*), d'une charmante exécution. — *Deux dessins au crayon rouge*, par Borel, signés et datés de 1700, pour les *Bucoliques*. — Une belle gravure pour les *Géorgiques*, par B. Picart, et une d'après Heughel (*la Mort de Didon*). — Une figure de Le Barbier **AVANT LA LETTRE**, pour les *Bucoliques*. — Une **EAU-FORTE PURE** *de Moreau, fort rare* (*la Mort de Priam*) ; cette pièce parait inédite. — *Quatre grandes figures de Moreau* pour l'*Enéide*, épreuves **AVANT LA LETTRE**, *très-rares*. — *L'Enlèvement des Sabines*, par David, en trois états, dont **DEUX EAUX-FORTES PURES**. — *Cinq dessins*, par Duvivier, tirés des *Métamorphoses d'Ovide*. — Et autres gravures.

265. Argumenta Librorũ Æneidos, tam verbis, quàm jmaginibus, compendio æneis typis exprimũtur. *S. l. n. d.* — Omnis Homeri poesis virtutis est laus. *S. l. n. a.* 39 planches en 1 vol. in-12, oblong. vélin.

Recueil de figures pour l'Énéide de Virgile et pour les Œuvres d'Homère, très-bien gravées, avec une légende en latin. On remarque que la dernière figure de l'Enéide porte la signature de Joan. Sadeler.

266. LES BUCOLIQUES de Virgile, traduites en vers français (par Langeac). *A Paris, chez Giguet et Michaud,* 1806. In-fol. figures, mar. r. fil. dos orné à petits fers, tr. dor. (*Capé.*)

Très-bel exemplaire SUR GRAND PAPIER VÉLIN, contenant : 10 belles gravures d'après Huet et Fragonard, AVANT LA LETTRE. — 8 gravures d'après Girodet et Gérard AVANT LA LETTRE et *avant la bordure.* Et une charmante figure de Moreau AVANT LA LETTRE.

Jolis culs-de-lampe, par Le Barbier, à la fin des *Eglogues.* Riche reliure, la même que celle qui se trouve sur le Virgile qui précède, imprimé sur vélin.

De la bibliothèque de M. Emm. Martin.

267. Les Géorgiques de Virgile, traduction nouvelle en vers françois, enrichies de notes et de figures, par M. Delille. *A Paris, chez C. Bleuet,* 1770. In-8, front. par Casanova et 4 figures d'Eisen, mar. r. fil. tr. dor. (*Rel. anc.*)

Exemplaire sur GRAND PAPIER DE HOLLANDE.

Belles épreuves.

268. L'Enéide, traduite par Jacques Delille. *A Paris, chez Giguet et Michaud,* 1804. (*an XII*). 3 vol. in-4, fig. demi-rel. veau f. fil tr. peigne.

Exemplaire avec le texte latin en regard, et 3 figures de Moreau le jeune AVANT LA LETTRE.

269. Phædri Aug. liberti fabularum Æsopiarum libri V, notis illustravit in usum Serenissimi principis Nassavii David Hoogstratanus. *Amstelædami, ex off. Francisci Halmæ,* 1701. In-4, front. gr. portr. et figures mar, r. fil. tr. dorée. (*Derome.*)

Édition fort soignée sous le rapport de la métrique, et contenant un bon choix de notes ; mais ce qui la recommande particulièrement, ce sont les belles gravures, au nombre de 18 (non compris le frontispice et le portrait dont elle est ornée). (*Brunet.*)

Le portrait a une cassure.

270. Phædri Fabulæ et Publii Syri Sententiæ. *Parisiis, ex typographia regia*, 1729. In-24, front. gr. à l'eau-forte, par Simonneau, mar. viol. fil. NON ROGNÉ. (*Thouvenin.*)

Belle édition, imprimée en très-petits caractères.

RARE. Ex libris de Emm. Martin.

271. Phædri Augusti liberti Fabulæ, ad manuscriptos codices et optimam quamque editionem emendavit Steph. Andr. Philippe. Accesserunt Notæ ad calcem. *Lut. Parisiorum, sumpt. Joan. Aug. Grangé*, 1748. In-12, front. gr. et vig. mar. r. tr. dor. (*Rel. anc.*)

272. Les Métamorphoses d'Ovide, traduites en prose françoise et de nouveau soigneusement reveuës, corrigées en infinis endroits et enrichies de figures à chacune fable (par N. Renouard). *Paris, Aug. Courbé*, 1651. — Le Jugement de Pâris. *Paris, Aug. Courbé*, 1651. Ens. 2 vol. in-fol. joli front. gr. portr. figures de Matheus, J. Briot et autres, culs-de-lampe et entêtes gr. par Chauveau, mar. r. dent. dos orné, doublé de mar. r. large dent. int. tr. dor. (*Boyet.*)

Superbe exemplaire réglé, tiré sur TRÈS-GRAND PAPIER, et dans une condition tout à fait exceptionnelle. Les plats sont ornés de la belle dentelle que l'on remarque sur les reliures exécutées par Boyet, pour le MARQUIS DE LA VIEUVILLE. Dans cette dentelle, on remarque aux angles quatre soleils ; puis un cerf couché, un cerf passant, un lion et un coq, avec une bordure alternée de fleurs de lis et de couronnes de marquis. Le lion et la couronne de marquis appartiennent aux armes de la Vieuville, et les autres figures sont tirées de ses alliances.

Le feuillet 363 des *Métamorphoses* a un morceau de la marge extérieure enlevé.

273. Les Métamorphoses d'Ovide, traduites en françois, par M. du Ryer, avec de nouvelles explications à la fin de chaque fable; nouvelle édition, augmentée et enrichie de figures en taille-douce. *A la Haye, chez J. Neaulme*, 1744. 4 vol. in-8, figures, mar. r. fil. tr. dor. (*Rel. anc.*)

Très-bel exemplaire la Vallière.

274. Métamorphoses d'Ovide, traduites en françois

par M. l'abbé Banier, avec figures gravées par Coiny d'après les dessins de M. Renaud. *A Paris, de l'impr. de Didot l'aîné*, 1787. 4 vol. in-8, fig. cart. non rog.

275. LES MÉTAMORPHOSES D'OVIDE, en latin et en françois, de la traduction de M. l'abbé Banier, avec des explications historiques. *A Paris, chez Prault et chez Pissot*, 1767-1771. 4 vol. in-4, front. gr. figures, vig. fleurons et culs-de-lampe, d'après les dessins de Boucher, Eisen, Moreau, Gravelot, Monnet, Leprince, etc., gravés par les soins des sieurs Le Mire et Basan, veau f. ant. fil. tr. dor. (*Rel. anc.*)

Superbes épreuves de PREMIER TIRAGE.

276. Catulli, Tibulli et Propertii Opera. *Londini, ex off. J. Tonson et Johannis Watts*, 1715. In-12, front. gr. mar. n. tr. dor. (*Reliure ancienne.*)

Exemplaire sur GRAND PAPIER.

277. Catullus, Tibullus et Propertius... accedunt fragmenta Cornelio Gallo inscripta. *Lugd. Bat.*, 1743. In-12, front. gr. mar. vert, fil. tr. dorée. (*Reliure anc.*)

278. DI TITO LUCREZIO Caro della Natura delle cose libri sei tradotti dal latino in italiano da Alessandro Marchetti. *In Amsterdamo*, 1654. 2 vol. in-8, front. titres gr. figures, vig. et culs-de-lampe d'Eisen, Cochin, mar. vert, fil. tr. dor. (*Rel. anc.*)

Exemplaire sur grand papier de Hollande, aux armes de SAVALETTE DE BUCHELAY, fermier général.

279. Titi Lucretii Cari de Rerum natura libri sex, à Dionysio Lambino. *Parisiis et Lugduni habentur in Gulielmi Rouillij et Philippi G. Rouillij nep. ædibus*, 1563. In-4, vél. à recouvr.

Première édition du Lucrèce de Lambin.

Bel exemplaire dans une jolie reliure du XVIe siècle, en vélin, à comp. dorés sur les plats.

280. M. V. Martialis epigrammaton libri XIIII, summa diligentia castigati. *Parisiis, apud S. Colinæum*, 1539. Pet. in-8, mar. citr. fil. tr. dorée. (*Reliure anc.*)

Bel exemplaire aux armes de Perrinet.

281. M. Valerii Martialis Epigrammata. *Londini, ex off. J. Tonson*, 1716. In-12, front. gr. mar. n. tr. dor. (*Reliure ancienne.*)

Exemplaire sur GRAND PAPIER.

282. Satires de Perse, traduites en françois par Sélis, nouvelle édition, revue et augmentée de notes et observations, par M. L. Achaintre. *Paris, Dalibon*, 1822. Gr. in-8, portr. demi-rel. avec coins. mar. vert, non rogné. (*Hering et Müller.*)

EXEMPLAIRE UNIQUE SUR PAPIER DE CHINE, avec le portrait par Devéria, SUR PAPIER DE CHINE AVANT LA LETTRE et L'EAU-FORTE aussi SUR CHINE, et un CHARMANT DESSIN A LA SÉPIA. du même portrait. On y a joint une LETTRE AUTOGRAPHE SIGNÉE DE SÉLIS et datée du 3 aoust 1797, très intéressante.

De la bibliothèque de M. Emm. Martin.

283. M. Annæi Lucani Pharsalia, sive de bello civili inter Cæsarem et Pompeium libri decem. *Londini, ex off. Tonson*, 1719. In-12, front. gr. mar. n. tr. dor. (*Reliure ancienne.*)

Exemplaire sur GRAND PAPIER.

284. M. Annæi Lucani Pharsalia, curante Angelo Illycino. *Vindobonæ, typis et impensis J.-V. Degen*, 1811. Gr. in-4, fig. veau f. ant. dent. sur les plats.

Cette belle édition, publiée par M. le chevalier d'Elci, est ornée de 10 gravures d'après les dessins de Waechter.

285. La Pharsale de Lucain, traduite en françois par M. Marmontel, de l'Académie françoise. *A Paris, chez Merlin*, 1766. 2 vol. in-8, front. gr. et figures de Gravelot, veau ant. marb. fil. tr. marbr.

286. C. Valerii Flacci, Argonauticon libri octo. *Parisiis, excusit C.-L.-F. Panckoucke*, 1829. In-8, cart. non rogné, dans un étui.

Exemplaire sur PEAU DE VÉLIN, interfolié de papier de soie.

287. Orthographia et flexus dictionum græcarum omnium apud Statium cum accentib. et generib. ex variis utriusque linguæ autorib. *S. l. n. d.* — Statii Sylvarum libri quinque. Thebaidos libri duodecim, Achilleidos duo. *S. l. n. d.* (*Venetiis, in ædibus Aldi*, 1502). In-8, mar. citr. dent. tr. dor. (*Rel. anc.*)

288. Aurelii Prudentii Clementis quæ extant. Nic. Heinsius Dan. fil. ex vetustissimis exemplaribus recensuit, et animadversiones adjecit. *Amstel., apud D. Elzevirium*, 1667. 2 tomes en 1 vol. pet. in-12, mar. r. fil. dos orné, tr. dor. (*Reliure ancienne.*)

Bel exemplaire de Pieters et M. de Champ-Repus.
Hauteur : 131 millimètres.
Cette édition rare et estimée a 12 ff. prél. y'compris le titre, 327 pp. de texte, *Heinsii adnotata*, 167 pp. ; index 17 pp.

289. Quinque illustrium poetarum, Antonii Panormitæ, Ramusii, Pacifici Maximi, J. Jov. Pontani, Joan. Secundi, Lusus in Venerem partim ex codicibus manuscriptis nunc primum editi. *Parisiis, prostat ad Pistrinum in vico suavi*, 1791. In-8, de VIII et 242 pp. plus 1 f. d'errata, veau ant. marb.

Exemplaire sur PAPIER DE HOLLANDE. On croit presque généralement que Mercier, abbé de Saint-Léger, a été l'éditeur de ces poésies érotiques.

290. SACRA REGUM HISTORIA, heroico carmine expressa et in XII libros redacta, per Gilbertum Filholium, abbatem Malphæ veteris. *Parisiis, Morel*, 1587. Pet. in-8, mar. r. tr. dor.

Belle reliure du XVIe siècle.
Superbe exemplaire portant la signature de BALLESDENS et l'un des plus beaux volumes de sa bibliothèque. La reliure couverte de dorures en entrelacs et feuillages parsemés de fleurs est d'un excellent goût. Elle a été restaurée dans quelques parties et les gardes ont été renouvelées.

---

291. Essais historiques sur les Bardes, les Jongleurs et les Trouvères normands et anglo-normands, suivis de pièces de Malherbe qu'on ne trouve dans aucune édition de ses œuvres, par M. l'abbé

de la Rue. *Caen, chez Mancel*, 1834. 3 vol. gr. in-8, demi-rel. avec coins mar. vert, fil. dorés en tête, non rognés. (*Capé*.)

Superbe exemplaire sur **GRAND PAPIER VÉLIN FORT**, avec un portrait sur chine grav. sur acier par Hopwood ; épreuve **AVANT LA LETTRE**.

On a ajouté en tête du tome premier la Notice sur la vie et les travaux littéraires de feu M. l'abbé de la Rue, par M. Vaultier. *Caen, Mancel*, 1841, in-8, de 52 pp. pap. de Holl. portr. gr. sur acier par Hopwood d'après Touzé. De la bibliothèque de M. Emm. Martin.

292. Blasons, poésies anciennes des XVe et XVIe siècles, extraites de différens auteurs imprimés et manuscrits, par M. D. M. M*** (Méon). Nouvelle édition, augmentée d'un glossaire des mots hors d'usage. *Paris, Guillemot*, 1809. In-8, demi-rel. mar. r. doré en tête, non rogné. (*Lortic*.)

Exemplaire avec les cartons. On y a joint un joli portrait de Mérard de Saint-Just, rare.

De la bibliothèque de M. Emm. MARTIN.

293. Collection des anciens poëtes françois, publiée par Coustelier. *Paris, Coustelier*, 1723-24. 10 vol. pet. in-8, veau ant. marb. fil. (*Rel. anc.*)

Savoir : la Farce de Pathelin, J. Marot, Martial de Paris, Coquillart, P. Faifeu, F. Villon, G. Cretin et Racan.

294. LE ROMMANT DE LA ROSE, *nouvellement imprimé à Paris pour Michel le Noir demourant au bout du pont nostre dame a lymage nostre dame.* (A la fin :)

Cest fin du rommant de la rose
Ou lart damours est tout enclose.

Imprimé nouvellement à Paris, par Nic. Desprez, imprimeur demourant en la rue Sainct Estienne à l'enseigne du mirouer. Petit in-fol. gothique à 2 colonnes, figures sur bois dans le texte, veau ant. fil. dos orné. (*Reliure anc. avec armoiries sur les plats.*)

Cette édition, bien imprimée et rare, a paru au commencement du XVIe siècle, entre 1500 et 1509. Elle est ornée de curieuses gravures sur bois. Les feuillets non chiffrés, au nombre de 141, sont signés par 6, sauf la lettre *a* et *h* qui sont sig. par 8 de *a* à *z i i i*, Le dern. f. est le 5e du cahier *z*. Le titre est remargé, et porte la marque de Michel Lenoir.

295. Cy est le Rommant de la Rose.

Ou tout lart damour est enclose
Hystoires et auctoritez
Et maintz beaulx propos usitez
Qui a esté nouuellement
Corrigé suffisantement
Et cotte bien à l'auantaige
Com on voit en chascune page.

On les vend à Paris en la rue Sainct Jaques en la boutique de Jehan Petit, libraire iuré de luniuersité a lenseigne de la Fleur de lys dor. mil V.CXXXI. (A la fin :) *Fin du rommant de la Rose veu et corrigé et nouuellement imprime à Paris le IXe jour de juing l'an mil V^c.XXXI.* In-fol. gothique à 2 col. figures en bois, mar. r. jans. doublé de mar. r. larges dentelles int. fil. tr. dor. (*Chambolle-Duru.*)

Très-bel exemplaire avec témoins.

Edition fort estimée, la même que celle qui porte le nom et la marque de Galliot du Pré à la même date. Elle contient 4 ff. prélim. pour le titre le prologue et la table, et CXXXI ff. chiffrés de texte à 45 lignes par page pleine, la marque de l'imprimeur se trouve au recto d'un feuillet blanc à la fin du volume. Le titre est un peu court de marges,

296. Sensuyt le Rõmât de la Rose, aultremêt dit le Sõge Vergier XXIX. *Cy finist le romant de la Rose nouvellement imprimé à Paris, par Jehan Jhannot, s. d.* In-4, gothique à 2 colonnes de 41 lignes, figures sur bois, mar. r. fil. dos et milieu à la rose, dent. int. tr. dor. (*Capé.*)

Édition peu commune.

297. Les Faictz et dictz de feu || de bonne mémoire Maistre Alain Chartier / en sõ vivant secrétaire || du feu roy Charles septiesme du nom. Nouvellement im-||prime / reueu et corrige oultre les precedentes impressions / et || divise par chapitres pour plus facillement comprendre || le contenu en iceulx. Adiouste le Debat du gras et || du mai gre / que nauroit (*sic*) encores este impri-||me avec le repertoire des matieres con-||tenues au present volume, le tout nouvellement im-||prime a Paris. || ℭ *On les vend a Paris en la grant* *salle du Palais au* || *premierpillier en la bouticque de Galliot du Pré, libraire iuré en Luniuersité.* || ❡ *Mil cinq cens vingt et six.* || Pet. in-fol. gothique à 2 colonnes, figures sur bois, de 6 ff. prél. et 127 ff. par 6 (le dern. coté 124) veau ant. (*Rel. du temps.*)

Bon exemplaire.

298. Les Faictz et Dictz de feu de bō-/ne memoire Maistre Jehan Molinet contenans plusieurs beaulx Traictez. Oraisons et Champs royaux comme l'on / pourra facilemēt trouver par la table qui sensuyt. / *Nouvellement imprimez à Paris, l'an / mil cinq cens trente et ung le / neufviesme jour de / décembre.* / Avec le privilége : *On les vend au Palais en la Gallerie par ou on va a chancellerie. A la boutique de Jehan Longis / et de la veufve Jehan Sainct-Denys.* / Pet. in-fo . mar. r. fil. tr. dor.

Très-bel exemplaire de la première édition. Rare.

299. Le Girofflier aux Dames. Ensemble le dit des Sibiles. Epistre de Seneque à Lucille, consolatoire de liberal leur amy qui estoit triste pource q̃ la cité de Lyon dont il estoit estoit arse et bruslée. Par ceste epistre on peult clerement congnoistre quant et cōment la cité de Lyon fut dernierement destruicte. Et en quel lieu elle estoit fondée, et quelle elle estoit et les ans de sa durée. *S. l. n. d.*, pet. in-4 de 12 ff. fig. sur bois, mar. la Vall. tr. dor. (*Capé.*)

Réimpression par le procédé Adam Pilinski. Exemplaire provenant de la bibliothèque de M. H. Bordes.

300. MARGUERITES DE LA MARGUERITE des princesses, très-illustre royne de Navare. — Suite des Marguerites de la Marguerite. *Lyon, Jean de Tournes,* 1547. Ens. 2 vol. pet. in-8, mar. vert, fil. comp. sur les plats, tr. dor. (*Thompson.*)

Cette charmante édition est la plus recherchée.
Bel exemplaire.

301. Vies d'Octovien de Sainct-Gelais, Mellin de Sainct-Gelais, Marguerite d'Angoulesme, Jean de la Péruse, poëtes angoumoisins, par Guill. Colletet, publiées pour la première fois par Ern. Gellibert des Seguins. *A Paris, chez Aug. Aubry*, 1862. In-8, mar. r. fil. dos orné, dent. tr. dor. (*Capé.*)

Un des trois exemplaires sur PEAU DE VÉLIN

302. Poésies de Pernette du Guillet, Lyonnaise. *Lyon, L. Perrin*, 1830. In-8, mar. r. fil. tr. dor.

Tiré à 100 exemplaires.
La reliure porte sur le dos et aux coins des plats le chiffre EB enlacés.

303. Epistres morales et familières du Trauerseur (Jean Bouchet). (Suit un dizain en l'honneur et à la louange de Séguier.) *A Poictiers, chez Jacques Bouchet à l'imprimerie à la Celle et deuant les Cordeliers. Et à l'enseigne du Pélican, par Jehan et Enguilbert de Marnef*, 1545. *Avec privilege du roy pour quatre ans*. In-fol. veau br.

Volume rare, dans une reliure de l'époque, portant sur les plats des armes avec cette devise : *Ou ceste-cy ou ceste-là*. Le dos a été refait et qq. ff. raccomodés. Il provient de la bibliothèque du marquis de Vertamon dont on remarque l'ex libris à l'intérieur du volume.

304. Les Œuvres de Clément Marot de Cahors en Quercy, valet de chambre du roy. *A Paris, pour Cl. Gautier*, 1571. In-16, mar. r. fil. tr. dor. (*Rel. anc.*)

Bonne édition en 941 pp., précédée de 12 ff. pour la table des œuvres y compris le titre, et suivie de 3 ff. pour la table des psaumes.

305. Les Œuvres de Clément Marot de Cahors, valet de chambre du roy, revues et augmentées de nouveau. *A la Haye, chez Adrian Moetjens*, 1700. 2 vol. in-12, veau f. ant.

Bonne édition sous cette date.

306. Œuvres de Clément Marot, revues sur plusieurs manuscrits et sur plus de quarante éditions, et augmentées tant de diverses poésies véritables que de celles qu'on lui a faussement attribuées. Avec les ouvrages de Jean Marot, son

père, ceux de M. Marot, son fils, et les pièces du différend de Clément avec Fr. Sagon. *A la Haye, chez P. Gosse et J. Neaulme,* 1731. 6 vol. in-12, veau f. fil. dos orné, tr. dor.

Bel exemplaire de cette édition excellente et recherchée.

307. Ode sur la naissance du petit duc de Beaumont, fils de Monseig. de Vandosme, roy de Navarre, par J. D. B. A.; ensemble certains sonnets du mesme auteur à la Royne de Nauarre, ausquels ladicte dame fait elle-mesme response. *A Paris, de l'impr. de F. Morel,* 1561. Pet. in-4 de 14 ff. y compris le titre, mar. r. jans. doublé de mar. br. doré en plein à l'int. tr. dor. (*Chambolle-Duru, dorure de Marius Michel.*)

Bel exemplaire dans une riche reliure.
Ouvrage rare; de Joachim du Bellay.

308. Elégie sur le trespas de feu Joach. du Bellay Ang., par G. Aubert, de Poictiers, aduocat au Parlement de Paris. *A Paris, de l'impr. de Federic Morel,* 1561. Pet. in-4 de 10 pp. mar. r. jans. dent. int. tr. dor. (*Chambolle-Duru.*)

Plaquette rare. Bel exemplaire.

309. Les Premières Œuvres de Philippe Desportes, au Roy de Pologne. *A Paris, pour Robert le Mangnier, rue neufue de nostre Dame, libraire, à l'image de S. Jehan-Baptiste,* 1573. *Avec priuilège du Roy.* 198 ff. (au verso du dernier se trouve l'extrait du privilège) et 2 ff. de table non chiffrés, vélin, tr. dor.

Jolie édition. Exemplaire réglé, grand de marges, dans sa première reliure. Mouillures au commencement du volume.

310. Œuvres poétiques de P. de Brach, sieur de la Motte-Montussan, publiées et annotées par Reinhold Dezeimeris. *Paris, Aug. Aubry,* 1861. 2 vol. pet. in-4, fig. fac-similé, mar. bl. fil. à comp. dos orné, dent. int. tr. dor. (*Raparlier.*)

Ex libris du Dr A. Danyau.
Un des 60 exemplaires sur papier vergé.

311. OEuvres complètes de Racan, nouvelle édition, revue et annotée par M. Tenant de Latour, avec une Notice biographique et littéraire, par M. Ant. de Latour. *A Paris, chez P. Jannet*, 1857. 2 vol. in-12, demi-rel. avec coins, mar. la Vall. clair, fil. dorés en tête, non rognés. (*Raparlier.*)

Exemplaire de la bibliothèque du Dr Ant. Danyau.

312. La Sepmaine, ou Création du monde, de G. de Saluste, seigneur du Bartas, diuisée en considérations, et illustrée des commentaires de Pantaléon Thevenin, Lorrain, etc., etc. *A Paris, chez Hierosme de Marnef*, 1585. In-4, mar. grenat, jans. tr. dor. (*Allô.*)

Cachet sur le titre.

313. La Sepmaine, ou Création du monde, de Guillaume de Saluste, seigneur du Bartas, reveüe et corrigée par l'auteur, auec commentaires, argumens et annotations, par Simon Goullard, de Senlis; le tout en meilleur ordre et forme qu'és précédentes éditions. — La Judith, par le même. *A Paris, chez M. Gadouleau*, 1683. — La Seconde Sepmaine. *Paris, à l'Olivier de P. L'Huillier, s. d.* Le tout en 1 vol. in-4, mar. r. fil. dent. int. tr. dor. (*Chambolle-Duru.*)

Bel exemplaire.

314. Les OEuvres poétiques de Vauquelin des Yveteaux, réunies pour la première fois, annotées et publiées par Prosper Blanchemain. *A Paris, par Aug. Aubry*, 1854. In-8, portr. demi-rel. avec c. mar. la Vall. fil. doré en tête, non rogné. (*Capé.*)

Exemplaire de la bibliothèque du Dr Ant. Danyau.

315. Recueil des OEuvres poétiques de J. Bertaut, abbé d'Aunay et premier aumosnier de la Royne. Seconde édition. *A Paris, pour Lucas Breyel*, 1605. Pet. in-8, mar. r. fil. tr. dor. (*Chambolle-Duru.*)

Édition imprimée en caractères italiques. Exemplaire grand de marges.

316. Les Satyres du sieur Regnier, reveuës et augmentées de nouveau. *A Rouen, chez J. du Bosc*, 1614. In-12, mar. r. fil. tr. dor. (*Hardy*.)

Les derniers feuillets ont été restaurés.

317. Œuvres complètes de Regnier; nouvelle édition, avec le commentaire de Brossette publié en 1729. *Paris, Lequien*, 1822. Gr. in-8, portraits, mar. la Vall. fil. orn. au milieu et aux coins des plats, dos orné, tr. dor. (*Thouvenin*.)

Bel exemplaire sur GRAND PAPIER VÉLIN, auquel on a joint un JOLI DESSIN ORIGINAL A LA SÉPIA du portrait de Regnier et un portrait gravé par Fortier, épreuve sur chine AVANT LA LETTRE.

Des bibliothèques G. de Pixerécourt et Emm. Martin.

318. Le Dodechedron de Fortune, livre non moins plaisant et récréatif que subtil et ingénieux, entre tous les jeux et passe-temps de Fortuna, composé par Jean de Meun, de nouveau mis en meilleur ordre par F. G. L. (Fr. Gruget). *Paris, G. Robinot*, 1615. In-8, mar. bl. fil. à fr. (*Duru*.)

Exemplaire NON ROGNÉ, provenant de la bibliothèque du comte H. de la Bédoyère.

Léger raccommodage au titre.

319. Les Poëmes de Mre Claude Expilly. *A Grenoble, de l'impr. de P. Verdier*, 1624. In-4, veau f. ant. fil. tr. dor. (*Rel. anc.*)

Bel exemplaire en papier fort. Une note manuscrite sur le titre indique qu'il a été offert par l'auteur.

Le dernier feuillet de la table a été remonté.

320. Les Descriptions poétiques, de J. D. B. (Jean de Bussières). *A Lyon, chez J.-Bapt. Devenet*, 1646. In-4, mar. grenat, fil. dent. int. tr. dor. (*David*.)

Bel exemplaire de ces poésies non citées au *Manuel*.

321. La Pucelle, ou la France délivrée, poëme héroïque par M. Chapelain. *Suivant la copie imprimée à Paris*, 1656. In-12, front. gr. et figures mar. vert, fil. dos orné, tr. dor. (*Capé*.)

Edition elzévirienne. Haut.: 128 mil. Ex libris de Mar. de Champ-Rebus. Motteley dit que cette édition a été imprimée par les Janson d'Amsterdam.

322. Pibracii Tetrastica Gallica latine disticata. Les quatrains françois du sieur de Pibrac, traduits en autant de distiques latins, par Nic. Harbet. *A Paris*, 1666. In-4, portrait gr. par Larmessin, mar. r. dent. sur les plats, doublé de tabis rose, tr. dor. (*Rel. anc.*)

Édition rare.

Exemplaire placé dans une reliure aux armes de MADAME ADÉLAIDE, de France, fille de Louis XV.

Ex libris R. S. Turner.

323. Description de la ville d'Amsterdam en vers burlesques, selon la visite de six jours d'une semaine, par P. Le Jolle. *Amsterdam, Jacques le Curieux*, 1666. Pet. in-12, front. gr. mar. r. fil. tr. dor. (*Hardy.*)

Jolie édition qui s'annexe à la collection des Elseviers.

324. OEUVRES DIVERSES DU SIEUR D*** (Boileau-Despréaux), avec le Traité du Sublime ou du Merveilleux dans le discours, traduit du grec de Longin. *Paris, D. Thierry*, 1674. In-4, front. gr. et une figure allégorique, avant le Lutrin, veau ant.

Première édition sous le titre d'OEuvres. Bel exemplaire, très-grand de marges, et dans sa première reliure.

325. OEuvres de Nicolas Boileau-Despréaux, avec des éclaircissemens historiques, donnez par lui-même. Nouvelle édition revuë, corrigée et augmentée. Enrichie de figures gravées par Bernard Picart le Romain. *A la Haye, chez J. Vaillant, P. Gosse et P. de Hondt*, 1722. 4 vol. gr. in-12, front. gr. et figures, mar. r. fil. dent. int. tr. dor. (*Belz-Niedrée.*)

Bel exemplaire grand de marges.

326. OEuvres de Boileau-Despréaux. *A Paris, de l'impr. de Didot l'aîné*, 1789. 2 vol. in-4, papier vélin, mar. bl. tr. dor. (*Rel. anc.*)

Édition du Dauphin, tirée à 250 exemplaires.

327. OEuvres de Boileau ; édition dédiée au Roi.

A Paris, de l'impr. P. Didot, 1819. 2 vol. gr. in-fol. demi-rel. avec c. mar. bl. fil. dorés en tête, non rog.

Bel exemplaire de cette magnifique édition dite du Louvre, aux armes et aux chiffres de Louis-Philippe sur le dos.

328. OEuvres poétiques de Boileau, avec des notices par M. Poujoulat, eaux-fortes par V. Foulquier. *Tours, Alf. Mame*, 1870. Gr. in-8, portr. et vignettes, mar. r. fil. doublé de mar. br. avec une large dent. doré en tête, non rog. étui doublé en peau de chamois. (*Chambolle-Duru.*)

Exemplaire sur PAPIER DE CHINE. Très-riche reliure.

329. Les deux Arts poétiques d'Horace et de Boileau, collationnés sur les meilleures éditions de ces deux poèmes. *A Brest, de l'impr. de Michel*, 1818. In-32 carré, texte encadré, demi-rel. avec c. mar. citr.

Un des 6 exemplaires sur PEAU DE VÉLIN.

330. FABLES CHOISIES, mises en vers par M. de la Fontaine et par luy reveuës, corrigées et augmentées. *Paris, D. Thierry et Cl. Barbin*, 1678-79 et 1694. 5 vol. in-12, figures de Chauveau à mi-pages, mar. r. fil. dent. int. tr. dor. (*Duru*, 1866.)

Bel exemplaire, grand de marges, et très-bien conservé. Les deux premiers volumes sont de la réimpression faite sous la même date, avec l'extrait d'un privilège daté de 1692, à la fin de la 2e partie; la 3e partie n'a ni *l'Avertissement* ni *l'errata* indiqués par Brunet; le 4e volume est de la bonne édition et le 5e vol. est du troisième tirage.

331. FABLES CHOISIES, mises en vers par J. de la Fontaine. *Paris, chez Desaint, Saillant et Durand*, 1755, *de l'impr. de Ch.-Ant. Jombert*. 4 vol. in-fol. front. gr. et figures d'Oudry, veau éc. fil. tr. dor.

Exemplaire en petit papier de Hollande. La figure du Léopard est AVANT LA LETTRE, ce qui indique que l'exemplaire est de premier tirage.

332. FABLES CHOISIES, mises en vers par J. de la Fontaine. *A Paris, chez Desaint, Saillant et Durand*. 1755-59. 4 vol. in-fol. front. gr. et fi-

gures d'Oudry, mar. r. fil. tr. dor. (*Reliure ancienne.*)

Exemplaire sur PAPIER MOYEN DE HOLLANDE, provenant de la bibliothèque Vandermarq. La figure du Léopard est AVANT LA LETTRE.
Exemplaire de PREMIER TIRAGE.
Bonne et fraîche reliure ancienne.

333. Fables choisies, mises en vers, par J. de la Fontaine, nouvelle édition gravée en taille-douce, les figures par le sieur Fessard, le texte par le sieur Montulay. *A Paris,* 1765. 6 vol. in-8, figures, veau ant. marb. fil. tr. dor.

334. Fables de la Fontaine. *A Paris, de l'impr. de Didot l'aîné,* 1782. 2 vol. in-8, mar. r. fil. tr. dor. (*Reliure ancienne.*)

335. Fables de la Fontaine. *A Paris, de l'impr. de P. Didot l'aîné, an X* — 1802. 2 vol. gr. in-fol. vignettes de Percier, demi-rel. avec c. mar. r. dorés en tête, non rog.

336. Fables de la Fontaine, édition illustrée par J.-J. Grandville. *Paris, H. Fournier, Perrotin,* 1838. 2 vol. in-8, figures et vig. sur bois, chag. vert, fil. à fr. tr. dor.

Premier tirage des charmantes figures de Grandville.

337. Fables de la Fontaine, édition taille-douce. *Paris, Lecointe et Pougin, libr. et Gouget, grav.,* 1834. 2 vol. in-4, demi-rel. veau f. fil. tr. peigne.

338. Fables de la Fontaine avec les dessins de Gust. Doré. *Paris, L. Hachette,* 1867. 2 tomes en 1 vol. in-fol. portr. figures, vig. culs-de-lampe sur bois, encadr. en rouge, mar. r. fil. à comp. milieu doré, dos orné, large dent. int. tr. dor. étui doublé en peau de chamois. (*Chambolle-Duru.*)

Superbe exemplaire SUR PAPIER DE CHINE, tiré à quelques exemplaires.

339. Contes et nouvelles en vers, par M. de la Fontaine. *A Amsterdam, chez P. Brunel,* 1696.

2 tomes en 1 vol. in-12, front. gr. et figures à mi-pages, mar. r. fil. à comp. sur les plats, dent. int. tr. dor. (*Capé.*)

Cette édition contient, de plus que celle de 1685, les quatre contes imprimés à Paris, en 1685, dans le recueil de Maucroix et de la Fontaine. Les figures de Romain de Hooghe sont de la grandeur des pages, pour les quatre contes ajoutés.

340. CONTES ET NOUVELLES EN VERS, par M. de la Fontaine. *A Amsterdam*, 1762. 2 vol. pet. in-8, portr. et figures, mar. bl. fil. comp. tr. dor. (*Simier.*)

Bel exemplaire.

Les figures du *Cas de Conscience* et du *Diable de Papefiguière* sont découvertes.

Bonnes épreuves.

341. La Chasse, poème, par Ch. Perrault. *Paris, chez Aug. Aubry*, 1862. In-8 de 30 pp. mar. vert. fil. dent. int. non rog. (*Capé.*)

Exemplaire sur PEAU DE VÉLIN. Tiré à petit nombre.

342. Le Cabinet satyrique, ou Recueil de vers piquans et gaillards tirés des cabinets des sieurs de Sigognes, Regnier, Motin, Berthelot, Maynard, et autres des plus signalez poètes. *Au Mont Parnasse, de l'imprimerie de messer Apollon. L'année satyrique, s. d.* 2 vol. in-12, front. gr. mar. r. fil. doublé de tabis, tr. dor. (*Rel. anc.*)

Jolie édition exécutée en Hollande et donnée par Lenglet-Dufresnoy.

Ex libris du Dr Ant. Danyau.

343. Madrigaux de Monsieur de la Sablière ; nouvelle édition. *A Paris, chez Duchesne*, 1758. In-16 carré, texte encadré d'un filet rouge, mar. r. fil. comp. tr. dor.

344. La Henriade (par Voltaire). Nouvelle édition. *A Paris, chez la veuve Duchesne, Saillant, Desaint, Panckoucke et Nyon, s. d.*, 1770. 2 vol. pet. in-8, front. gr. titre gr. avec le portrait de l'auteur en médaillon, figures et vig. mar. r. fil. dos orné à petits fers, tr. dor.

Bel exemplaire de cette édition, recherchée à cause des belles figures d'Eisen dont elle est ornée.

345. La Henriade, poëme, suivi de quelques autres poëmes de Voltaire. *De l'impr. de la Société littéraire typographique*, 1789, in-4, papier vélin, portr. et figures de Moreau le jeune, demi-rel. mar. r.

346. LA HENRIADE DE VOLTAIRE, avec les variantes. Imprimé par ordre du Roi pour l'éducation de Monseigneur le Dauphin. *A Paris, chez P. Didot, fils aîné de F. A. Didot l'aîné, rue Pavée Saint-André des Arts*, 1790. In-4, portr. et figures, mar. r. dos orné, dent. sur les plats, comp. tr. dor. doublé de tabis. (*Bradel, reliure signée.*)

Exemplaire unique imprimé sur PEAU DE VÉLIN, avec les figures de Moreau, AVANT LA LETTRE.

On remarque au verso du faux titre, une note manuscrite signée de M. P. Didot, fils aîné, ainsi conçue : *Cet exemplaire est absolument l'unique imprimé sur vélin.*

De la collection de HENRI PERKINS, *esq.*

347. La Henriade, poëme de Voltaire, édition dédiée à S. A. R. Monsieur. *A Paris, de l'imprimerie de P. Didot l'aîné*, 1819. In-fol. demi-rel. avec c. mar. bl. fil. doré en tête, non rog.

Bel exemplaire de l'édition du Louvre. Aux armes et au chiffre de Louis-Philippe sur le dos.

348. LA HENRIADE (par Voltaire). *Paris, chez Dalibon*, 1825. Gr. in-8, portraits, front. gr. et figures, demi-rel. avec coins, mar. bl. fil. doré en tête, non rog.

Un des 10 exemplaires sur GRAND PAPIER DE HOLLANDE. On y a ajouté la suite des figures de Moreau le jeune, épreuves AVANT LA LETTRE et avec la lettre (2me suite). La suite des figures de Desenne, épreuves sur chine, 2 portraits différents de Voltaire gr. par A. de Saint-Aubin, lettre grise, portrait de Henri IV en médaillon, épreuve sur blanc remontée, et épreuve sur chine remontée.

349. LA PUCELLE, poëme, suivi des Contes et Satires de Voltaire. *De l'impr. de la Société littéraire typographique (Kehl)*, 1789. In-4, figures, veau f. ant. comp. sur les plats, tr. dor.

Cet exemplaire contient la suite des 22 planches gravées par les soins de C. Ponce par Choffard, Bacquoy, Dupréel, Patas, Delvaux, etc., etc., d'après les dessins de Monnet, Monsiau, Marillier et Le Barbier ; cette suite est AVANT LA LETTRE.

350. LA PUCELLE, par Voltaire. *A Paris, chez Dalibon*, 1825. Gr. in-8, portraits et figures, demi-rel. mar. bl. doré en tête, non rog. (*Rapartier*.)

On a ajouté à cet exemplaire la suite des figures de Moreau le jeune publiée par Renouard AVANT LA LETTRE et avec la lettre (il manque les figures des chants 15e et 16e avant la lettre), la suite des figures de Duplessis-Bertaux (copie sur chine), la suite de Desenne sur chine, et la suite de Monnet, Monsiau et Marillier (il manque les figures des chants 2 et 11 de cette dernière suite), plus 1 portrait de Voltaire en médaillon gravé par Aug. de Saint-Aubin; le portrait de Jeanne d'Arc de la suite de Moreau est en double.

Un des 10 exemplaires sur GRAND PAPIER DE HOLLANDE.

351. L'Education, poème divisé en deux chants (par Lavau). *S. l.*, 1739. In-8 de 3 ff. prélim., plus 1 f. aj. pour la dédicace et 34 ff. de texte, mar. vert, fil. tr. dor.

Exemplaire de dédicace aux armes du prince de SOUBISE, capitaine lieutenant des gendarmes de la garde du roi.

La dédicace en vers est manuscrite et se trouve placée après le titre.

352. Œuvres de M. Gresset. *A Londres, chez Ed. Kelmarneck*, 1748. 2 vol. pet. in-12, mar. r. fil. tr. dor. (*Reliure ancienne*.)

353. Nouvelle Élite des poésies héroïques et gaillardes de ce temps, augmentées de plusieurs manuscrits non encore vus. *A Utrecht, chez G. de Backer*, 1743. Gr. in-12, demi-rel. avec c. chag. La Vall.

354. Œuvres d'Étienne Pavillon, de l'Académie françoise. *A Amsterdam, chez Z. Chatelain*, 1740. 2 vol. in-12, mar. r. fil. tr. dor. (*Reliure ancienne*.)

Bel exemplaire.

355. L'Art de peindre, poème, avec des réflexions sur les différentes parties de la peinture, par M. Watelet. *A Paris, de l'impr. de H.-L. Guérin et L.-F. Delatour*, 1760. In-4, front. gr. fleuron

sur le titre, en-têtes et culs-de-lampe, mar. ol. fil. tr. dor. (*Derome.*)

Bel exemplaire provenant des bibliothèques H. Gresy et F. Garde. On y a ajouté 3 belles figures de Cochin.

356. Le Trésor du Parnasse, ou le Plus Joli des Recueils. *Londres* (*Paris, Delalain*), 1762-1770. 6 vol. in-12, mar. vert. fil. tr. dor. (*Reliure ancienne.*)

Ce recueil, très-intéressant, a été publié par Couret de Villeneuve et Bérenger. Il contient de nombreuses pièces de vers satiriques et galantes des principaux poëtes du XVIIIe siècle.

Exemplaire très-bien relié, aux armes d'une demoiselle de Noailles.

357. Les Sens, poëme en 6 chants (par de Rosay). *A Londres*, 1766. In-8, figures, vignettes et culs-de-lampe d'Eisen, gr. par Longueil, veau ant. marb.

Exemplaire sur papier de Hollande. Bonnes épreuves des figures.

358. Recueil des pièces diverses, en 1 vol. in-8, figures, veau ant.

Zélis au bain, poëme en quatre chants (par le marquis de Pezay.) *A Genève, s. d.* In-8, titre par Eisen, grav. par Lemire, avec la date de 1763; 4 figures, 4 vignettes et 4 culs-de-lampe par Eisen, gravés par Alliamet, Lafosse, Lemire et de Longueil. — Lettre de Zéila à Valcour, officier françois (par Dorat). *A Paris, chez Séb. Jorry*, 1674. In-8; 1 figure, 1 vignette et 1 cul-de-lampe, par Eisen, gravés par de Longueil. — Lettre du lord Velford à milord Dirton, son oncle, précédée d'une lettre de l'auteur (par Dorat). *A Paris, chez l'Esclapart*, 1765, 2 figures, 7 vign. et 1 cul-de-lampe, in-8. — Lettre de Bernavelt à Truman, son ami, précédée d'une lettre de l'auteur (Dorat). *A Paris, Séb. Jorry*, 1763. In-8, 1 fig. 1 vig. et 1 cul-de-lampe, par Eisen, gr. par Longueil. — Lettre amoureuse d'Héloïse à Abailard; traduction libre de M. Pope, par M. Colardeau. *Paris, Duchesne*, 1766. In-8, front. gr. — Les Baisers (par Dorat). *La Haye et Paris, chez Séb. Jorry et Delalain*, 1770. In-8, front. d'Eisen, gr. par Ponce, 1 vig. par Eisen, et 1 cul-de-lampe. — Lettre de la duchesse de la Vallière à Louis XIV, par M. Blin de Sainmore. *Londres, et se trouve à Paris chez Le Jay*, 1773. In-8, 1 fig., par Dupin fils, sous la direction de Saint-Aubin, d'après le tableau de Lebrun, 1 vig. et 1 cul-de-lampe non signés.

Toutes ces pièces sont sur *papier de Hollande*.

359. Les Baisers, précédés du Mois de Mai, poëme (par Dorat). *A la Haye, et se trouve à Paris, chez Lambert et Delalain*, 1770. Imitations de poëtes latins. *S. l. n. d.* In-8, front. gr. vignettes et culs-de-lampe, veau ant. mar. fil. tr. r.

Superbes épreuves des vignettes.

Exemplaire sur papier de hollande, avec les titres rouges.

360. FABLES nouvelles (par Dorat). *A la Haye, et se trouve à Paris, chez Delalain*, 1773. 2 part. en 1 vol. in-8, front. gr. vignettes de Marillier et culs-de-lampe, veau ant.

Exemplaire en moyen papier de Hollande.
Belles épreuves.

361. L'Agriculture, poëme. *A Paris, de l'Impr. royale*, 1774. In-4, figures de Loutherbourg, gr. par de Ghendt, Ponce, etc., fleuron sur le titre de Marillier, et en-têtes de Saint-Quentin, demi-rel. avec c. mar. grenat, fil. tr. dor.

362. Le Triomphe des Grâces, ou Élite, en prose et en vers, des meilleurs écrits anciens et modernes qui ont été faits à la louange des Grâces, etc., publiée par M. de Querlon. *A Paris*, 1775. In-8, figures de Moreau le jeune, cart.

Le titre et les 3 premiers ff. ont été troués et racommodés.

363. RECUEIL DES MEILLEURS CONTES EN VERS (par la Fontaine, Voltaire, Vergier, Sénecé, Perrault, Moncrif, Grécourt, Autreau, Saint-Lambert, etc.). *Londres* (*Cazin*), 1778. 4 vol. in-18, vignettes de Duplessis-Bertaux, non signées, mar. vert. fil. tr. dor. (*Thivet.*)

364. La Papesse Jeanne, poëme en 10 chants (par Borde). *La Haye*, 1778. Pet. in-8, demi-rel. avec coins mar. r. doré en tête, non rog. (*Bertrand.*)

365. Les Quatre Heures de la Toilette des dames, poëme érotique en 4 chants, par M. de Favre. *A Paris, chez J.-Fr. Bastien*, 1779. Gr. in-8, titre gr. figures et culs-de-lampe de F. Leclerc, veau ant. marb. fil. tr. marb.

Exemplaire sur GRAND PAPIER DE HOLLANDE.

366. Les Mois, poëme en 12 chants, par M. Boucher. *A Paris, de l'impr. de Quillau*, 1779. 2 vol. in-4, figures de Moreau le jeune, Cochin et Marillier, veau ant. marb.

Exemplaire aux armes du duc de Choiseul.

367. OEuvres de M. Vadé, ou Recueil des opéras comiques, parodies et pièces fugitives de cet auteur. *A Paris, chez la Ve Duchesne*, 1788. 4 vol. in-8, portr. gr. par Ficquet, d'après Richard, et fig. aj. demi-rel. veau f. non rognés. (*Capé.*)

On a ajouté à cet exemplaire 8 gravures au trait, dont 4 pour la *Pipe cassée*, et 4 pour les *Bouquets poissards*. De la bibliothèque de M. Emm. MARTIN.

368. OEuvres diverses de M. de Grécourt, nouvelle édition, augmentée du Philotanus, de la Bibliothèque des Damnés, etc., avec figures. *A Londres (Cazin)*, 1780. 4 vol. in-12, figures, veau éc. fil. tr. dor.

369. LES SAISONS, poëme, par Saint-Lambert. *A Paris, de l'impr. de P. Didot, l'aîné, l'an IV de la République*, 1796. In-4, fig. mar. r. dos orné, dent. sur les plats, doublé de tabis, tr. dor. (*Bozérian.*)

EXEMPLAIRE UNIQUE SUR PEAU DE VÉLIN, auquel on a joint *quatre dessins originaux de Chaudet*.

De la collection de HENRI PERKINS, esq.

370. Œuvres de P.-J. Bernard, ornées de gravures d'après les dessins de Prud'hon ; la dernière estampe gravée par lui-même. *A Paris, de l'impr. P. Didot, l'aîné*, 1797, *an V*. In-4, fig. de Prud'hon, demi-rel. avec c. chag. r. fil. (*Kœnig.*)

Édition tirée à 150 exemplaires sur papier vélin fort, avec les figures AVANT LA LETTRE.

371. L'Art d'aimer, et poésies diverses, de Bernard. *Paris, de l'impr. de Didot, l'an troisième.* — Phrosine et Mélidore, *s. l. n. d.* In-8, 6 figures de Martini et d'Eisen, cart. non rogné.

La figure du chant second de *Phrosine et Mélidore* manque à cet exemplaire.

372. La Peinture, poëme en trois chants, par M. Le Mierre. *Paris, chez Le Jay, s. d.* In-4, portr. en médaillon, de Corneille, sur le titre, et figures de figures de Cochin, veau rac. tr. dor.

373. Les Jardins, ou l'Art d'embellir les paysages, poème, par M. l'abbé de Lille. *Paris, de l'impr. de Fr.-Ambr. Didot l'aîné*, 1782. In-4, mar. r. fil. tr. dor. (*Reliure ancienne.*)

Bel exemplaire, orné d'une fraîche reliure ancienne.

374. Les Jardins, ou l'Art d'embellir les paysages, par M. l'abbé Delille. *A Londres, de l'impr. de Ph. Le Boussonnier*, 1801. In-4, veau vert ant. tr. marbrée.

375. L'Homme des champs, ou les Géorgiques françaises, par J. Delille. *Strasbourg*, *Levrault, an X* (1802). Grand in-4, jolies figures de C. Guérin, demi-rel. veau f. tr. peigne.

376. La Guerre des dieux, poème en dix chants, par Ev. Parny. *Paris, chez Debray*, 1808. In-12, mar. r. jans. dent. int. tr. dor. (*Duru*, 1859.)

377. L'Hymen, ou le Choix d'une épouse, poème en six chants, suivi du Bois de Thamyris, par L. Lacroix-Niré. *Paris*, 1810. In-12, fig. de Monsiau, mar. vert, fil. tr. dor. (*Chambolle-Duru.*)

378. Napoléon en Égypte, Waterloo et le Fils de l'homme, par Barthélemy et Méry, précédés d'une Notice littéraire par M. Tissot, édition illustrée par Horace Vernet et H^te^ Bellangé. *Paris, Ern. Bourdin, s. d.* In-8, nombreuses gravures sur bois, mar. vert, comp. dorés, tr. dor. (*Bauzonnet-Trautz.*)

Exemplaire sur PAPIER DE CHINE.

379. Poésies complètes d'Alfred de Musset. *Paris, Charpentier*, 1840. — Poésies nouvelles d'Alfred de Musset, 1840-1849. *Paris, Charpentier*, 1850. Ens. 2 vol. in-12, demi-rel. avec coins mar. r. fil. dorés en tête, non rognés.

380. Simple Bouquet. *Lyon, impr. de L. Perrin*, 1858. In-8, mar. vert, fil. dent. int. tr. dor. (*Capé.*)

381. Le Bacara, poème didactique, dédié aux Bordelais; suivi du Craps (poème par Barthélemy). *Ne se vend chez personne, s. d.* (*Paris, impr. par Béthune et Plon*, 1842). Gr. in-8 de 32 pp. mar. r. large dent. sur les plats, dent. int. dos orné, tr. dor. (*Capé.*)

Bel exemplaire aux armes de M. Hope.

---

382. Recueil curieux des Chansons nouvelles de ce temps. *A Paris, chez la Ve Jean Promé, s. d.* Pet. in-12 de 96 pp. cart.

Très-rare.

383. Recueil de Chansons tendres, bachiques et gaillardes. *Se vend à Paris, chez P. Le Libre, rue Tireboudin, sans privilège, s. d.* Manuscrit avec musique notée. In-8, mar. r. fil. tr. dor. (*Reliure ancienne.*)

Manuscrit d'une bonne écriture bâtarde, du XVIIIe siècle.
Armoiries sur les plats.

384. Chansons joyeuses et gaillardes. *S. l. n. d.* 2 vol. in-4, mar. r. dent. sur les plats, tr. dor. (*Bozérian.*)

Manuscrit du XVIIIe siècle, d'une bonne écriture, avec musique notée. On remarque parmi ces chansons quelques pièces très-libres.

385. ANTHOLOGIE FRANÇOISE, ou Chansons choisies, depuis le XIIIe siècle jusqu'à présent (publiée par Monnet). *S. l. Paris*, 1766. 3 vol. in-8, figures et portr. — Chansons joyeuses, mises au jour par une ane-onyme, onissime (par Collé). *Paris et Londres*, 1765. In-8. Ens. 4 vol. in-8, mar. r. fil. tr. dor. (*Rel. anc.*)

Recueil illustré de jolies figures de Gravelot, gravées par Le Mire. En tête du premier volume se trouve un beau portrait de Monnet d'après Cochin, gravé par Aug. de Saint-Aubin.

Exemplaire orné d'une reliure fraîche et bien conservée, provenant de la bibliothèque de M. Emm. MARTIN.

Rare en cette condition.

386. RECUEIL DE ROMANCES historiques, tendres et burlesques, tant anciennes que modernes, avec les airs notés, par M. D. L*** (Lusse), *S. l.*, 1767. 2 vol. in-8, joli front. d'Eisen gravé par de Longueil, mar. r. fil. tr. dor. (*Rel. anc.*)

Bel exemplaire. La reliure, très-fraîche, est semblable à celle de l'*Anthologie*, de Monnet, qui précède.
De la bibliothèque de M. Emm. MARTIN.

387. CHOIX DE CHANSONS mises en musique par M. de la Borde, premier valet de chambre ordinaire du Roi, gouverneur du Louvre, ornées d'estampes par J.-M. Moreau, dédiées à Madame la Dauphine. *Paris, chez de Lormel*, 1773. 4 tomes en 2 vol. gr. in-8, portrait et figures, mar. vert, large dent. sur les plats, dos orné, tr. dor. (*Cuzin.*)

Très-bel ouvrage, illustré de 100 jolies figures de Moreau, Le Barbier, Saint-Quentin et Le Bouteux.
Exemplaire très-grand de marges, en bonnes épreuves, et contenant le beau portrait dit *à la lyre*, dessiné par Denon, gravé par Masquelier.

388. Les A-propos de société, ou Chansons de M. L.... (Laujon). *S. l.*, 1776. 3 vol. in-8, titres gr. et figures de Moreau le jeune gr. par de Launay, musique notée, demi-rel. bas. ant.

389. Chansons choisies, avec les airs notés. *A Genève* (*Cazin*), 1782, 4 vol. — Nouveau Recueil de Chansons choisies, avec les airs notés. *A Genève* (*Cazin*), 1785. 4 vol. Ens. 8 vol. pet. in-12, mar. r. tr. dor. (*Reliure ancienne.*)

390. Œuvres complètes de P.-J. de Béranger, édition unique, revue par l'auteur, ornée de 104 vignettes en taille-douce. *Paris, Perrotin*, 1834. 4 vol. in-8, portr. et vign. sur acier, demi-rel. mar. r.

---

391. I Fiori delle rime de' poeti illustri, nuovamente raccolti e ordinati da M. Girolamo Ruscelli. *In Venetia, appresso di Marchio Sessa*, 1579. In-12, vélin.

392. Roland Furieux, poëme héroïque, de l'Arioste,

traduction nouvelle par M. d'Ussieux. *A Paris, chez Brunet*, 1776. 2 vol. in-4, portr. et figures, demi-rel. avec coins bas. ant.

Cette édition contient les figures de Moreau le jeune, Eisen, Cypriani, Cochin, Monnet, etc.

On a ajouté à la fin du tome second la suite des figures de Cochin gravée par Ponce.

393. La Gerusalemme liberata di Torquato Tasso. *In Parigi*, 1771, *appresso Agostino Delalain, Pietro Durand, Gio. Claudio Molini*. 2 vol. gr. in-8, front. gr. titre et dédicace gr. figures de Gravelot, portr. en médaillon, vign. et culs-de-lampe, mar. r. fil. tr. dor. (*Reliure ancienne.*)

Bel exemplaire sur PAPIER DE HOLLANDE. Rare en reliure ancienne.

394. Jérusalem délivrée, poëme du Tasse. Nouvelle traduction. *Paris, Musier fils*, 1774. 2 vol. in-8, front. gr. portr. en médaillon, figures de Gravelot, vign. et culs-de-lampe, dérel.

Exemplaire sur PAPIER DE HOLLANDE, préparé pour la reliure.

395. La GERUSALEMME LIBERATA, di Torquato Tasso. *In Parigi, appresso Bossange, Masson e Besson*, 1792. 2 vol. in-4, figures, veau ant. marb. dent. sur les plats, tr. dor.

Superbe exemplaire sur grand papier, avec la suite des figures de Gravelot; les vignettes, culs-de-lampe et têtes de pages sont tirés hors texte.

396. Le Seau enlevé, poëme héroï-satiro-comique, nouvellement traduit de l'italien du Tassoni (le texte en regard, par de Cédors). *A Paris, chez P. Alex. le Prieur*, 1759, 3 vol. in-12, mar. r. fil. tr. dor. (*Rel. anc.*)

397. Mélanges de poésie anglaise, contenant l'Essai sur la poésie de J. Sheffield, duc de Buckingham et de Normanby. Le Temple de la Renommée d'Alex. Pope. Henry et Emma, imité de la *Belle Brune* de *Chaucer*, par Matthieu Prior, traduit de l'anglois (par Mme d'Arconville). *S. l.* 1764. In-12, mar. r. fil. tr. dor. (*Reliure ancienne.*)

Ex libris de madame d'Arconville, collé à l'intérieur du volume.

398. Les Quatre Parties du jour, poëme, traduit de l'allemand de M. Zacharie. *Paris, Musier*, 1769. In-8, figures et vig. d'Eisen, veau ant. marb. fil.

Exemplaire sur papier de Hollande.

399. Les Quatre Parties du jour, poëme, traduit de l'allemand de M. Zacharie, orné de figures et vignettes en taille-douce dessinées par Eisen et gravées par Baquoy. *A Paris, chez Nyon, Durand, Belin*, 1781. In-8, figures et vign. mar. r. fil. dent. int. tr. dor. (*Chambolle-Duru.*)

Exemplaire sur GRAND PAPIER DE HOLLANDE; très-belles épreuves des figures d'Eisen.

400. Minnesänger aus dem Schwäbischen Zeitalter gesammelt gegen Anfang des vierzehnten Jahrhunderts durch Rudger, Maness Von Maneck. Handschrift der königlichen Bibliothek zu Paris ausbewarhrt unter der Nummer *vjj mcclxvj*, der französischen Manuscripte. (*Paris, B.-Ch. Matthieu*, 1850.) In-fol. mar. r. fil. comp. dent. int. tr. dor. (*Belz-Niedrée.*)

Très-belle publication.
Fac-similé en or et en couleur, par Ch. Mathieu, d'après les miniatures et le texte manuscrit gothique de l'original.
Exemplaire monté sur onglets.

III. THÉATRE.

401. Traité de la Comédie et des Spectacles, selon la tradition de l'Église, tirée des conciles et des saints Pères (par le prince de Conti). *A Paris, chez L. Billaine*, 1669. In-12, chag. vert, fil. à fr. tr. dor.

402. LE THÉATRE DE P. CORNEILLE, reveu et corrigé par l'autheur. *A Rouen (impr. par L. Maury). Et se vend à Paris, chez Louis Billaine, au Palais, au second pilier de la grand' salle, à la Palme et au Grand César*, 1668. *Avec privilège du Roy*. 4 vol. — Poëmes dramatiques de T. Corneille. *A Rouen (impr. par L. Maury). Et se ven-*

dent à Paris, chez Louis Billaine, 1669. *Avec privilége du Roy*. 3 vol. Ens. 7 vol. in-12, mar. r. fil. tr. dor. (*Chambolle-Duru.*)

Il y a ici deux pièces en plus que dans l'édition de 1664-66 : *Agésilas* et *Othon*, pièces qui furent jouées pour la première fois en 1666 et 1667.

403. Le Théatre de P. Corneille, reveu et corrigé par l'auteur. *A Paris, chez Guill. de Luyne*, 1662. 5 part. en 10 vol. — Poëmes dramatiques de T. Corneille. *A Paris, chez Guill. de Luyne*, 1692, 5 part. en 10 vol. front. gr. Ens. 20 vol. in-12 mar. rouge, dent. sur les plats, dos orné à petits fers, tr. dorée. (*Reliure ancienne.*)

Très-bel exemplaire, orné d'une jolie reliure d'Anguerran.

404. LE THÉATRE DE P. CORNEILLE, reveu et corrigé, et augmenté de diverses pièces nouvelles. *Suivant la copie imprimée à Paris*, 1689-92. 4 vol. — Le Théatre de T. Corneille, reveu, corrigé, et augmenté de diverses pièces nouvelles. *Suivant la copie imprimée à Paris*, 1692. 5 vol. — Ens. 9 vol. in-12, mar. r. fil. tr. dor. (*Rel. anc.*)

Bel exemplaire aux armes d'Aubusson de la Feuillade, sur le dos de la reliure. Il provient de la bibliothèque du marquis de Coislin.

405. Le Théatre de P. Corneille. Nouvelle édition revue, augmentée des pièces dont l'Avis au lecteur fait mention et enrichie de tailles-douces. *A Amsterdam, chez H. Desbordes*, 1701. 5 vol. pet. in-12, portr. front. gr. et figures. — Le Théâtre de T. Corneille. Nouvelle édition revue, augmentée des pièces dont l'Avis au lecteur fait mention et enrichie des tailles-douces. *A Amsterdam, chez Henry Desbordes*. 1701. 5 vol. pet. in-12, front. gr. et figures. Ens. 10 vol. pet. in-12, rel. en cuir de Russie fil. *non rognés*.

Jolie réimpression hollandaise. Exemplaire non rogné, rare en cette condition.

406. Le Théâtre de P. Corneille. Nouvelle édition,

revue, corrigée et augmentée, enrichie de figures en taille-douce. *A Amsterdam, chez L'Honoré et Chatelain*, 1723. 5 vol.— Le Théâtre de Thomas Corneille... *Amsterdam*, 1733. 5 vol. — Ens. 10 vol. in-12, portr. et figures, mar. bl. fil. tr. dor. (*Reliure ancienne.*)

407. OEuvres diverses de P. Corneille. *Amsterdam, chez Z. Chatelain*, 1748. In-12, portr. gr. par B. Picart, veau ant. marb.

Piqûres de vers à la fin du volume.

408. OEuvres de Racine. *A Paris, chez P. Trabouillet*, 1687. 2 vol. in-12, front. gr. et figures de le Brun et de Chauveau, mar. r. fil. dent. int. tr. dor. (*Hardy.*)

Bel exemplaire d'une édition rare et très-recherchée, donné par Racine. Cette édition ne renferme ni *Esther* ni *Athalie*, mais on y trouve le *Discours* prononcé à la réception de Th. Corneille et *l'Idylle sur la paix.*

409. OEuvres de Racine. *Paris, Cl. Barbin*, 1697, 2 vol. in-12, front. gr. et figures de Le Brun et de Chauveau, mar. r. fil. dent. int. tr. dor. (*Chambolle-Duru.*)

Édition rare et estimée, la dernière publiée du vivant de l'auteur, et la première contenant *Esther* et *Athalie* et quatre cantiques.

Bel exemplaire.

410. OEuvres de Racine. Nouvelle édition, augmentée de diverses pièces et de remarques, etc. *Amsterdam, chez J.-F. Bernard*, 1722. 2 vol. in-12, front. gr. figures, mar. r. large dent. sur les plats, tr. dor. (*Derome.*)

A la fin de cette édition se trouvent deux lettres critiques à M. de L., touchant les tragédies de Racine, et *Apollon charlatan*, satire attribué à Barbier d'Aucourt.

Bel exemplaire portant sur les plats de la reliure un chiffre formé de deux L entrelacées, surmontées d'une couronne royale.

Ex libris du comte d'Aquila.

411. OEuvres de Racine. *A Londres, de l'impr. de J. Tonson et J. Watts*, 1723. 2 vol. in-4, portr. et figures, mar. r. fil. tr. dor. (*Rel. anc.*)

Très-bel exemplaire aux armes de Mirabeau.

412. Œuvres de Jean Racine, avec des commentaires par M. Luneau de Boisjermain. *Paris, impr. de Louis Cellot*, 1768. 7 vol. in-8, figures de Gravelot et portr. veau éc. fil. tr. dor.

Bon exemplaire.

413. Œuvres de Jean Racine. Imprimé par ordre du roi pour l'éducation de Monseigneur le Dauphin. *A Paris, de l'impr. de Franç.-Ambr. Didot l'aîné*, 1783. 3 vol. in-4, mar. vert, dent. int. tr. dor. doublés de tabis rose. (*Derome le jeune.*)

Tiré à 200 exemplaires. On a ajouté 1 portrait et la suite des figures de de Scève, remontée.

414. Mithridate, tragédie par M. Racine. *A Paris, chez Cl. Barbin*, 1673, avec privilège du roy. Pet. in-12 de 5 ff. prélim. 81 pp. veau ant. fil. tr. dor.

Édition originale.
Hauteur : 139 millimètres.

415. ESTHER, tragédie tirée de l'Escriture sainte (par Racine). *A Paris, chez Denys Thierry*, 1689, *avec privilége du Roy*. In-4, fig. de Le Brun, gr. par S. Le Clerc, 6 ff. y compris le titre, pour la préface et le prologue, 83 pp. La dernière non chiffrée pour la suite du privilège. — Intermèdes en musique de la tragédie d'Esther, propres pour les dames religieuses, et toutes autres personnes, par M. Moreau. *A Paris, chez Christophe Ballard*, 1696, *avec privilège du Roy*. In-4, musique notée, 1 f. pour le titre et 99 pp. Sur le verso blanc de la dernière page se trouvent 5 portées de musique avec paroles tracées à la main. — ATHALIE, tragédie, tirée de l'Ecriture sainte. *A Paris, chez D. Thierry*, 1691, *avec privilège du Roy*. In-4, fig. 6 ff. prél. y compris le titre, et 87 pp. Ens. 3 vol. in-4, veau ant.

Éditions originales dans leur première reliure. Le volume d'*Intermèdes* porte collé à l'intérieur l'ex libris sur papier de la maison de Saint-Cyr.

416. Esther, tragédie tirée de l'Escriture sainte

(par M. Racine). *A Paris, chez Cl. Barbin*, 1689. In-12, veau ant.

Première édition de ce format publiée en même temps que l'édition in-4.

417. ATHALIE, tragédie, tirée de l'Ecriture sainte (par J. Racine). *A Paris, chez D. Thierry*, 1692, *avec privilège du Roy*. In-12, fig. de Séb. Le Clerc, veau rac.

ÉDITION ORIGINALE de ce format.

418. Les Œuvres de M. de Molière, reveües, corrigées et augmentées, enrichies de figures en taille-douce. *A Paris, chez D. Thierry, Claude Barbin et Pierre Trabouillet*, 1682. 8 vol. in-12, figures, mar. r. fil. dent. int. tr. dor. (*Hardy*.)

Bel exemplaire. Première édition des œuvres complètes, publiée par les comédiens Vinot et Lagrange.

419. Les Œuvres de Monsieur de Molière, revues, corrigées et augmentées du Médecin vangé, et des épitaphes les plus curieuses sur sa mort. *A Lyon, chez J. Lions*, 1692. 8 vol. in-12, figures, mar. v. fil. dent. int. tr. dor. (*David*.)

420. Les Œuvres de Monsieur de Molière. Nouvelle édition, revüe, corrigée et augmentée. Enrichi de figures en taille-douce. *A Utrecht, chez Guill. van de Water*, 1713. 4 vol. in-12 front. gr. et figures, veau ant. fil.

421. ŒUVRES DE MOLIÈRE, avec des remarques par Bret. *Paris*, 1773. 6 vol. in-8, figures de Moreau le jeune, mar. r. fil. dos orné, tr. dor. (*Rel. ancienne*.)

Belles épreuves des figures. La figure du *Sicilien* est signée à la pointe sèche ainsi que celle des *Amants magnifiques*, et les pages 66-67 et 80-81 du tome premier sont en double.
Reliure très-fraiche.

422. Œuvres complètes de Molière, nouvelle édition collationnée sur les textes originaux avec leurs variantes, précédée de l'Histoire de sa vie et de ses ouvrages, par M. J. Taschereau. *Paris*,

Furne, 1863. 6 vol. in-8 portr. et figures, mar. la Vall. fil. dent. int. tr. dor. (*Capé-Masson-Debonnelle.*)

L'un des 100 exemplaires numérotés en grand papier de Hollande, auquel on a ajouté la suite des figures de Moreau publiée par Renouard, AVANT ET AVEC LA LETTRE.

423. ŒUVRES DE REGNARD, nouvelle édition, revue, exactement corrigée, et conforme à la représentation. *A Paris, chez les libraires associés*, 1770. 4 vol, pet. in-12, mar. r. fil. tr. dor. (*Reliure ancienne.*)

Bel exemplaire aux armes de la COMTESSE D'ARTOIS.

424. La Nopce de village, comédie, par Brécourt. *Paris, J. Ribou*, 1681. — Le Bal d'Auteüil, comédie, par M. B*** (Boindin). *Paris, P. Ribou*, 1702. — Les Trois Gascons, comédie de M. B*** (le même). *Paris*, 1702. — La Matrone d'Ephèse, comédie, par M. D***. *Paris*, 1702. — Le Port de mer, comédie, par Boindin. *Paris*, 1704. Ens. 5 pièces réunies en 1 vol. in-12, mar. citr. fil. tr. dorée.

Exemplaire avec témoins aux armes de Madame la comtesse de VERRUE.

425. Théâtre de Voltaire. (*Kehl*), *de l'impr. de la Société littéraire typographique*, 1785. 9 vol. in-8, portr. gr. par Tardieu d'après Largillière et figures de Moreau le jeune, mar. r. dent. sur les plats, tr. dor. (*Bozérian.*)

Superbe exemplaire en GRAND PAPIER VÉLIN. Les figures sont de la première suite.

426. Les Œuvres de théâtre de M. d'Ancourt. *A Paris*, 1742. 8 vol. in-12, mar. r. fil. tr. dorée. (*Rel. anc.*)

Exemplaire du duc de la Vallière.

427. Œuvres complettes (*sic*) de Crébillon. Nouvelle édition, augmentée et ornée de gravures. *A Paris, chez les libraires associés*, 1785. 3 vol. in-8, portr. et figures de Marillier, mar. bl. fil. à

comp. dos orné avec mosaique de mar. r. doublés de tabis, tr. dor. (*Rel. anc.*)

428. OEuvres de M. de Campistron. *A Paris*, 1750. 3 vol. in-12, mar. r. fil. tr. dor. (*Reliure ancienne.*)

429. OEuvres de M. Nivelle de la Chaussée. *A Paris, chez Prault*, 1762. 5 vol. in-12, mar. vert, fil. tr. dor. (*Reliure ancienne.*)

Exemplaire sur papier de Hollande.

430. La Religion, tragi-comédie, traduite de l'anglois de M. R., par M. J. M... *S. l.*, 1764. In-4, mar. r. fil. dos orné, tr. dor. (*Reliure ancienne.*)

Manuscrit de 260 pages, d'une bonne écriture. Jolie reliure dans le genre de Padeloup.

431. La Folle Journée, ou le Mariage de Figaro, comédie, par M. de Beaumarchais. *Paris, Ruault*, 1785. In-8, demi-rel. avec c. bas.

Cet exemplaire contient les 5 figures de Saint-Quentin, gravées par Malapeau et Roi, avec la derniere dite *aux seins découverts*.

432. Bruis et Palaprat, comédie en 1 acte et en vers, par M. Etienne. *De l'impr. de Lenormant, Paris, Masson*, 1807. Plaq. in-8 de 44 pp. cart. non rogné.

Première édition de cette pièce rare.
De la bibliothèque de M. Emm. Martin.

433. Comédies et Proverbes, par Alfred de Musset. *Paris, Charpentier*, 1840. Gr. in-12, demi-rel. veau f. ant. *non rogné.*

Première édition collective in-12.

434. Théâtre italien de M. de Florian. *A Paris, de l'impr. de Didot*, 1784. 3 tomes en 2 vol. in-18, front. gr. mar. r. fil. tr. dor.

Transposition des pages 61 à 72 qui se trouvent entre les pages 204-205.

---

435. Il Pastor fido, tragicommedia pastorale del signor cavaliere Battista Guarini. *In Lione, da*

Leon Dellarocca, 1720. In-12, front. gr. mar. vert jans. tr. dor. (*David*.)

Avec la traduction en vers français, en regard.

436. Opere del signor abbate Pietro Metastasio. *In Parigi, presso la vedova Hérissant*, 1780-1782. 12 vol. gr. in-8, portr. et figures, mar. r. fil. tr. dor.

Belle édition illustrée de 35 figures de Cochin, Martini, Cipriani, Moreau et Delvaux, et d'un joli portrait gr. par Gaucher.
Exemplaire bien relié; bonnes épreuves des figures.

437. Sentiments and similes of W. Shakespeare; a classified selection of similes, definitions, descriptions, and other remarkable passages in the plays and poems of Shakespeare, by Henry-Noel Humphreys. *London*, 1851. Pet. in-4, demi-rel. plaques en bois durci à relief incrustées, tr. dor.

Jolie édition imprimée en or et en couleurs, texte encadré et interligné de filets d'or.

IV. ROMANS.

438. Les Amours pastorales de Daphnis et Chloé (par Longus) (texte grec). *Parisiis, excudebam Petrus Didot*, 1802-*XI*. In-4, demi-rel. avec c. mar. r. fil. à froid, doré en tête, non rog.

Exemplaire sur papier vélin avec la suite des 9 figures, d'après Gérard et Prud'hon, AVANT LA LETTRE. (Deux sont avec la lettre.)

439. Pastorales de Longus (texte grec), 1810. Gr. in-8, mar. r. fil. tr. dor.

Bel exemplaire de cette édition grecque, publiée par P.-L. Courier, en 1810, et dans laquelle il a complété le texte original, où il existait une lacune jusqu'à cette époque.
Tiré à 51 exemplaires seulement. Celui-ci porte le n° 43; il provient de la bibliothèque de M. Emm. Martin.

440. HISTOIRE ET AMOURS PASTORALLES DE DAPHNIS ET DE CHLOÉ, escrite premièrement en grec par Longus, et maintenant mise en françois. Ensemble: un Debat judiciel de Folie et d'Amour, fait par dame L. L. L. (Louise Labé Lyonnaise). Plus quel-

ques vers françois, lesquels ne sont moins plaisans que recreatifs. P. M. D. R. Poetevine (Mlle des Roches). *A Paris, chez Jean Parent,* 1578. In-16, de 4 ff. prél. et 132 chiffrés, mar. r. tr. dor. (*Rel. anc.*)

Jolie petite édition, très-rare.
Exemplaire de la bibliothèque **Yemeniz**.

441. **Les Amours pastorales de Daphnis et Chloé** (trad. de Longus), avec figures. *S. l.*, 1718. Pet. in-8, titre front. gr. d'après Coypel, et figures du Régent gr. par Audran, mar. citr. fil. tr. dor. (*Reliure ancienne.*)

Bel exemplaire, très-grand de marges, de l'édition du Régent; la figure, dite des *petits pieds*, se trouve placée à la fin du volume.
Transposition du cahier E (pages 65 à 80) qui se trouve entre les pages 160 et 161.

442. **LES AMOURS PASTORALES DE DAPHNIS ET CHLOÉ**, traduites du grec de Longus par Amyot. *Paris, Didot l'aîné, an VIII*, 1800. Gr. in-4, figures, mar. bl. fil. comp. à froid, fleurons au milieu et aux coins des plats, dos orné, tr. dor. (*Simier.*)

Très-bel exemplaire imprimé sur **PEAU DE VÉLIN**, contenant la suite des figures de Prud'hon et Gérard, **ÉPREUVES SUR PAPIER DE CHINE VOLANT, AVANT LA LETTRE, TRÈS-RARE** en cet état. — Plus *deux dessins originaux*, à la sépia, par Chasselat, très-jolies compositions bien exécutées. au lavis, rehaussé de blanc : *La leçon de flûte*, par J.-B. Huet. — Portrait d'Amyot, d'après Marchand, gravé par N. Ponce, **ÉPREUVE AVANT LA LETTRE**, portrait de P. Didot, gravé par Wedgwood, dans le même état. Une jolie gravure d'une pastorale de Boucher, épreuves en deux états, l'un **AVANT LA LETTRE**.

On peut regarder cet exemplaire comme **UNIQUE** en cette condition. Il provient de la bibliothèque de M. Emm. Martin.

443. Les Amours de Théagènes et Chariclée, histoire éthiopique d'Héliodore, traduction nouvelle (par Jehan de Montlyard). *Paris, Samuel Thiboust*, 1623. In-8, front. gr. et figures, mar. r. fil. dos orné, tr. dor. (*Reliure ancienne.*)

Rare en reliure ancienne. Volume orné de jolies figures de Michel Lasne et de Crispin de Pas, très-bien gravées.
Exemplaire réglé. Une piqûre de ver traverse les 11 premiers feuillets et une figure a un raccommodage.
De la bibliothèque de M. Emm. **Martin**.

444. Satyre de Pétrone, par M. de Boispréaux. *A la Haye, chez J. Neaulme*, 1742. 2 tomes en 1 vol. in-12, front. gr. mar. r. fil. tr. dor.

Reliure ancienne, très-fraîche.

445. Éloge de la Folie, nouvellement traduit du latin d'Érasme, par M. de la Veaux; avec les figures de Jean Holbein, d'aprés les dessins originaux. *Basle, impr. avec les caractères de G. Haas, chez J.-J. Thurneysen*, 1780. In-8, portr. et fig. demi-rel. avec coins, veau r. non rogné.

Bel exemplaire en PAPIER DE HOLLANDE. TRÈS-RARE.
De la bibliothèque de M. Emm. MARTIN.

446. ÉLOGE DE LA FOLIE, d'Érasme, traduit par Victor Develay et accompagné des dessins de Hans Holbein. *Paris, librairie des bibliophiles (Jouaust)*, 1874. In-8 en feuilles, dans un étui en chag. r.

Un des quatre exemplaires sur PEAU DE VÉLIN.

447. Les Amours de Poliarque et d'Argenis, de J. Barclay, mis en françois par P. de Marcassus. *A Paris, chez Nic. Buon*, 1622. 1 tome en 2 vol. pet. in-8, titre front. gr. mar. r. fil. tr. dor. (*Reliure ancienne.*)

Le deuxième volume a des mouillures et le premier feuillet est doublé.

448. Le Livre du très-chevalereux comte d'Artois et de sa femme, fille du comte de Boulogne. *Paris, Techener*, 1837. In-4, caract. gothiques et fig. fac-simile, mar. grenat, fil. à comp. dent. sur les plats et à l'int. tr. dor. (*Lebrun.*)

449. Amadis des Gaules (traduction par Mlle de Lubert). *A Amsterdam, chez J.-Fr. Jolly*, 1750. 4 vol. in-12, portr. et fig. mar. vert, fil. tr. dor.

Exemplaire aux armes de la DUCHESSE DE GRAMMONT-CHOISEUL.

450. Le Roman des Romans, où on verra la suitte et la conclusion de don Belianis de Grèce, du Cheualier du Soleil et des Amadis, par du Verdier. *A Paris, chez Toussaincts du Bray, rue*

St-Jacques, aux espics meurs. Auec priuilège du Roy, 1626-29. 7 part. en 13 vol. pet. in-8, front. gr. et figures de Crispin de Pas, mar. r. dos orné, fil. tr. dor. (*Reliure ancienne.*)

Il est très-rare de rencontrer réunies les sept parties de cet ouvrage, le plus considérable de du Verdier. Cet exemplaire est très-beau et dans une reliure, genre Pasdeloup, extrêmement fraîche.

Plusieurs éditeurs ont successivement concouru à la publication du *Roman des Romans*. Les deux premières parties sont : *chez Toussaincts du Bray*. — La troisième partie : *chez Ant. de Sommaville et Aug. Courbé, au Palais, dans la petite salle*, 1627. — La quatrième partie porte un nouveau titre : les Amours et les Armes des princes de Grèce, quatriesme du Roman des Romans, par le sieur du Verdier. Enrichy de figures. *A Paris, chez Guill. Loyson, au Palais, en la gallerie des Prisonniers, près la Chancellerie*, 1628. — Le titre primitif reparaît sur les cinquième et sixième parties : *Paris, chez J. Lacquehay, près le collège de Boncourt*, 1629. — La septième partie, enfin, en un seul volume d'un format plus carré que les précédents, est : *A Paris, chez Nic. Bessin, à la Gallerie des Merciers, sous la montée de la cour des Aydes*, 1629.

451. Les Cent Nouvelles nouvelles, suivant les Cent Nouvelles contenant les cent Histoires nouveaux, qui sont moult plaisans à raconter en toutes bonnes compagnies, par manière de joyeuseté. *A Cologne, chez Pierre Gaillard*, 1701. 2 vol. in-12, front. gr. et figures, mar. r. fil. tr. dor. (*Reliure ancienne.*)

Bel exemplaire, avec les figures de Romain de Hooghe tirées hors texte. Reliure très-fraîche. Ex libris de M. Pasquier.

452. Les Cent Nouvelles nouvelles. *A Cologne, chez P. Gaillard*, 1736. 2 vol. in-12, front. gr. et figures de Romain de Hooghe à mi-pages, veau f. ant. tr. dorée.

453. Les Œuvres de M. François Rabelais, docteur en médecine... *S. l.* (*Holl., Elsev., à la Sphère*), 1663. 2 vol. pet. in-12, mar. r. fil. dent. int. tr. dor. (*Chambolle-Duru.*)

Jolie édition, imprimée à Amsterdam par Louis et Daniel Elsevier, et très-recherchée. Bel exemplaire.
Hauteur : 130 millimètres.

454. OEUVRES DE MAITRE FRANÇOIS RABELAIS, avec des remarques historiques et critiques de M. le Duchat. *A Amsterdam, chez Jean-*

Fr. Bernard, 1741. 3 vol. in-4, front. gr. et figures de L.-F. du Bourg, mar. la Vall. fil. dos orné, dent. int. tr. dor. (*E. Thomas.*)

Ex libris de M. J. Renard.

455. OEuvres de Fr. Rabelais. *A Londres et à Paris, chez J.-Fr. Bastien,* 1783. 2 vol. in-4, portrait, cart.

Grand papier.

456. OEuvres de Rabelais, texte collationné sur les éditions originales, avec une Vie de l'auteur, des notes et un glossaire, illustrations de Gustave Doré. *Paris, Garnier,* 1873. 2 vol. in-fol. brochés dans un carton.

Exemplaire SUR PAPIER DE CHINE, tiré à 25 exemplaires numérotés. Ouvrage orné de 60 grandes compositions et nombreux dessins, 250 en-têtes de chapitres et environ 240 culs-de-lampe.

457. HEPTAMÉRON FRANÇOIS. Les Nouvelles de Marguerite, reine de Navarre. *Berne,* 1780-81. 3 vol. in 8, front. gr. figures de Freudenberg, vign. et culs-de-lampe, mar. bl. fil. dent. int. dos orné, tr. dor. armes de Marguerite sur les plats. (*Chambolle-Duru.*)

Bel exemplaire. Épreuves avant les numéros.

458. La Mariane du Filomene, contenant cinq livres, esquels sont descrits leurs amours, puis l'infidélité de l'un et les travaux de l'autre. Avec plusieurs belles histoires de l'inconstance et legereté des femmes. *Paris, Claude de Montr'œil et Jean Richer*, 1596. In-12, vél.

Livre rare.
Bel exemplaire de Pixerécourt et en dernier lieu de Emm. Martin.

459. Les Amours du Grand Alcandre, par Mlle de Guise, suivi de pièces intéressantes pour servir à l'histoire de Henri IV. *A Paris, de l'impr. de Didot*, 1786. 2 vol. in-12, mar. vert, fil. tr. dorée. (*Reliure ancienne.*)

Jolie reliure, genre Derome.

459 *bis*. Les Larmes d'Aronthe sur l'infidélité de Clorigène, récit pastoral divisé en cinq journées, par P. Colas. *A Lyon, chez Jean Lautret*, 1620. In-12, titre front. gr. vél.

460. L'Anti-Roman, ou l'Histoire du berger Lysis, accompagnée de ses remarques, par J. de la Lande (Charles Sorel). *A Paris, chez Toussaint du Bray*, 1633. 2 tomes en 4 vol. in-8, front. gr. mar. vert, fil. tr. dor. (*Rel. anc.*)

Exemplaire aux armes de la duchesse de Grammont-Choiseul.
Ce roman est une critique de *l'Astrée*, de d'Urfé.

461. La Prazimène, nouvelle édition (par Le Maire). *A Paris, chez Ant. de Sommaville et Aug. Courbé*, 1643. 2 vol. in-12, mar. vert, fil. tr. dor. (*Rel. anc.*)

Exemplaire aux armes de la DUCHESSE DE GRAMMONT-CHOISEUL.

462. Les Portraits parlans, ou Tableaux animés du sieur Chevillard. *Orléans, Claude Verjon*, 1646. In-12, mar. viol. fil. tr. dor. (*Belz-Niedrée.*)

463. Alcidamie, par Mademoiselle Desjardins. *A Paris, chez Ch. de Sercy*, 1661. 2 vol. in-12, mar. vert, fil. tr. dor.

Exemplaire aux armes de la duchesse de Grammont-Choiseul.

464. Cassandre, roman (par de la Calprenède, mis en abrégé par Alex.-Nic. de la Rochefoucauld, marquis de Surgères). *A Paris, chez Bauche*, 1752. 3 vol. in-12, mar. r. fil. tr. dor. (*Rel. anc.*)

Exemplaire aux armes de la DUCHESSE DE GRAMMONT-CHOISEUL.

465. La Cour d'amour, ou les Bergers galans, par M. du Perret. *A Paris, chez Th. Jolly*, 1667. 2 vol. pet. in-8, front. gr. et fig. de Sébastien Le Clerc, mar. vert, fil. tr. dor. (*Rel. anc.*)

Exemplaire aux armes de la duchesse de Grammont-Choiseul, court de marges en tête.
La reliure du tome II est défraîchie.

466. Les Amours de Psyché et de Cupidon, suivies d'Adonis, poème, par Jean de la Fontaine. *A*

Paris, impr. au Louvre, par P. Didot l'aîné, an V- 1797. In-4, pap. vél. figures de Gérard, demi-rel. avec coins, mar. citr. doré en tête, non rogné (*J. Girard fils.*)

467. Les Amours de Psyché et de Cupidon, avec le poème d'Adonis, par la Fontaine. Edition ornée de figures dessinées par Moreau le jeune. *A Paris, chez Saugrain, l'an V,* 1797. 2 vol. in-12, pap. vél. portr. figures gr. par Delvaux mar. r. dent. tr. dor. (*Rel. anc.*)

468. Les Amours de Psyché et de Cupidon, édition ornée du poème de la Fontaine. *Paris, impr. de F.-Didot,* 1825. In-fol. portr. et planches lith. sur chine, demi-rel. avec c. mar. bl. fil. doré en tête, non rogné. (*Capé.*)

469. Le Courrier facétieux, ou Recueil des meilleurs rencontres de ce temps. *A Lyon, chez J.-Bapt. de Ville,* 1668. In-12, front. gr. dérel.

470. ZAYDE, histoire espagnole, par Monsieur de Segrais, avec un Traitté de l'Origine des romans, par M. Huet. *A Paris, chez Claude Barbin,* 1670, 2 vol. pet. in-8, mar. vert, fil. tr. dor. (*Thibaron.*)

Édition originale.
Bel exemplaire. Raccommodages à quelques feuillets.

471. Zayde, histoire espagnole, par Monsieur de Segrais, avec un Traitté de l'Origine des romans, par Monsieur Huet. *Suivant la copie imprimée à Paris,* 1671. Pet. in-8, front. gr. mar. la Vall. clair jans. dent. int. tr. dor. (*Chambolle-Duru.*)

Bel exemplaire.

472. Zayde, histoire espagnole, par Mme de la Fayette. *Paris, Didot l'aîné,* 1780. 3 vol. in-18, mar. vert, dent. doublé de tabis, tr. dor. (*Rel. anc.*)

De la collection du comte d'Artois.
Exemplaire en papier fin, avec les armes sur les titres.

473. L'Héroïne mousquetaire, histoire véritable. *A Amsterdam, chez Jacques le Jeune* (*D. Elsevier*), 1677-78. 4 part. en 1 vol. pet. in-12, mar. r. fil. à fr. tr. dor.

Ex libris Pieters.
Hauteur : 123 millimètres.

474. Le Prince de Condé. *Suivant la copie imprimée à Paris, chez Jean Guignard* (*Holl., à la Sphère*), 1681. Pet. in-12, veau f. fil. tr. dor. (*Rel. anc.*)

Boursault est l'auteur de ce roman historique et curieux.
Exemplaire aux armes de la comtesse de Molé, avec son chiffre sur le dos de la reliure (deux G. enlacés).
De la bibliothèque de M. Emm. Martin.
Légères piqûres de vers à la fin.

475. La Fameuse Comédienne, ou Histoire de la Guérin, auparavant femme ou veuve de Molière. *Francfort, Rottemberg*, 1688. In-12, veau ant.

Édition rare, regardée comme la première.
Cet exemplaire a appartenu à Grosley, dont la signature se trouve sur le titre, qui a une légère déchirure. Pamphlet très-violent contre Molière et contre sa femme, attribué par M. Livet, auteur de deux nouvelles éditions du livre, à un comédien nommé Rosimont. A la fin se trouvent des *Portraits des Comédiennes*, en quatrains, qu'on rencontre rarement.
De la bibliothèque de M. Emm. Martin.

476. Les Contes des Fées, par Perrault, mis en vers par la Ctesse M***. *A Paris, chez Blanchon, an VII.* 2 tomes en 1 vol. in-18, veau ant. fil. tr. dor.

Cet exemplaire est orné de 8 petits dessins inédits à la plume et au lavis.

477. Mémoires du comte de Grammont, par le C. Antoine Hamilton, édition ornée de LXXII portraits, gravés d'après les tableaux originaux. *A Londres chez Edward, s. d.* In-4, portr. cuir de Russie, fil. (*Rel. anglaise.*)

478. Les Avantures de Télémaque, fils d'Ulysse, par feu messire François de Salignac de la Motte Fénelon, précepteur de Messeigneurs les Enfants de France et depuis archevêque-duc de Cambrai, prince du saint empire, etc. Première édition, conforme au manuscrit original. *A Paris, chez Jacques Estienne, rue Sainct-Jacques, à la Vertu,*

1717. *Avec privilège du roy.* 2 vol. in-12, portr. et figures, mar. r. fil. tr. dor. (*Brany.*)

Édition recherchée donnée par le marquis de Fénelon sur un manuscrit original trouvé à la mort de son grand-oncle. Bel exemplaire.

479. Les Aventures de Télémaque, fils d'Ulysse, par feu messire François de Salignac de la Motte Fénelon. *A Londres, chez R. Dodsley, à la tête de Tully en Pall-Mall,* 1731. 2 vol. in-8, portr. et figures mar. bl. fil. tr. dor. (*Derome, reliure signée.*)

Superbe exemplaire, en papier de Hollande, contenant les figures de B. Picart et de Dubourg. Très-bonne reliure.

Ch. Nodier, dans sa *Description raisonnée d'une jolie collection de livres* (page 520, N° 784), en même temps qu'il fait une amère critique des éditions françaises du Télémaque, s'arrête avec complaisance sur les qualités réelles de cette édition, plutôt bonne que belle, et qu'il préfère à toutes les autres.

480. Les Aventures de Télémaque, fils d'Ulysse, par feu messire Fr. de Salignac de la Mothe Fénelon. *A Leide, chez J. de Wetstein, Amsterdam, Z. Châtelain,* 1761. In-fol. texte encadré, figures de Du Bourg et autres, veau ant. marb. comp. dorés sur les plats, tr. dor.

481. Les Aventures de Télémaque, fils d'Ulysse, par M. de Fénelon. Imprimé par ordre du Roi pour l'éducation de Monseigneur le Dauphin. *A Paris, de l'impr. de Fr.-Ambr. Didot l'aîné,* 1783. 2 vol. in-4, mar. r. fil. tr. dor. (*Derome, reliure signée.*)

Bel exemplaire.

482. Les Aventures de Télémaque, fils d'Ulysse, par Fr. Salignac de la Mothe Fénelon. *A Paris, de l'impr. de P. Didot l'aîné,* 1796. 4 vol. in-18 portr. et fig. mar. r. tr. dor. (*Rel. anc.*)

Exemplaire en *papier vélin* avec la suite des figures de Queverdo, AVANT LA LETTRE, y compris le portrait, qui est rare.

483. Les Aventures de Télémaque, suivies des Aventures d'Aristonoüs, précédées d'un Essai sur la Vie et les ouvrages de Fénelon, par M. J. Janin, édition illustrée par MM. T. Johannot, Em. Si-

gnol, etc., etc. *Paris, Ern. Bourdin, s. d.* gr. in-8, portr. sur acier, vig. et figures sur bois, sur chine, mar. la Vall. fil. dent. int. tr. dor. (*David.*)

Exemplaire sur PAPIER DE CHINE.

484. Avantures galantes et divertissantes du duc de Roquelaure, ou le Momus françois. *A Amsterdam, chez la veuve Desbordes*, 1734. In-12, mar. bl. jans. tr. dor. (*Hardy-Mennil.*)

485. La Reine bergère, histoire dédiée à M. Predot, architecte des bâtimens du Roy, par M. Pallu de Doublainville. *Paris, J. Bouillerot,* 1700. In-12, mar. r. tr. dor. (*Rel. anc.*)

Une note manuscrite sur la garde indique que ce volume provient de la bibliothèque du maréchal de Richelieu.

486. HISTOIRE DE GIL BLAS DE SANTILLANE, par M. Le Sage, dernière édition, revue et corrigée. *A Paris, par les libraires associés*, 1747. 4 vol. in-12, figures, mar. r. jans. dent. int. tr. dor. (*Chambolle-Duru.*)

Très-bel exemplaire, grand de marges.
Bonne édition sous cette date.

487. Histoire de Gil Blas de Santillane, par M. Le Sage. *A Paris, chez Bertin, an VI* (1798). 6 vol. in-12, figures de Chaillou, mar. r. dent. dos orné, tr. dor. (*Rel. anc.*)

488. Histoire de Gil-Blas de Santillane, par Le Sage, vignettes par Jean Gigoux. *Paris, chez J.-J. Dubochet*, 1838. In-8, vig. sur bois, mar. bl. fil. dent. int. tr. dor. (*David.*)

Exemplaire sur PAPIER DE CHINE.

489. HISTOIRE DU CHEVALIER DES GRIEUX ET DE MANON LESCAUT. *A Amsterdam, aux dépens de la Compagnie*, 1753. 2 vol. in-12, figures, mar. r. fil. dent. int. tr. dorée. (*Hardy-Mennil.*)

Superbe exemplaire de la bonne édition sous cette date. Premier tirage des figures.

490. Histoire de Manon Lescaut et du chevalier des Grieux, par l'abbé Prévost, édition illustrée par Tony Johannot, précédée d'une notice historique sur l'auteur, par Jules Janin. *Paris, Ern. Bourdin, s. d.* 1 tome en 2 vol. in-8, vig. et figures sur bois, sur chine, veau r. fil. éb.

Exemplaire sur PAPIER DE CHINE ; on y a ajouté : 1° Une figure en couleur; 2° 2 vignettes de Desenne sur chine ; un beau portrait ancien de l'abbé Prévost, gravé par Thérèse de Vaux, d'après Schmidt, et 4° la suite des figures de Lefèvre, gravée par Coiny.

Exemplaire monté sur onglets.

491. ROMANS (de Voltaire). *A Paris, chez Dalibon,* 1824. 2 forts vol. gr. in-8, figures, demi-rel. avec c. mar. bl. fil. dorés en tête, non rog. (*Raparlier.*)

Un des 10 exemplaires sur GRAND PAPIER DE HOLLANDE.

On y a ajouté la suite des figures de Moreau le jeune, publiée par Renouard, épreuve AVANT LA LETTRE et avec la lettre (50 pièces), plus la suite de Desenne sur chine et sur blanc (24 pièces).

492. Les Princesses Malabares, ou le Célibat philosophique (attribué à P. de Longue). *Andrinople (Paris),* 1734. In-12, mar. r. fil. tr. dor. (*Rel. anc.*)

Très-bel exemplaire aux armes du marquis de Coislin.

On a ajouté à cet exemplaire l'arrêté du Parlement condamnant ce livre à être brûlé, le 31 décembre 1734.

493. Acajou et Zirphile, conte (par Duclos). *A Minutie,* 1744. In-4, figures de Boucher, veau ant. marb. fil. tr. dor.

Exemplaire de Lamoignon.

494. Acajou et Zirphile, conte (par Duclos). *A Minutie (Paris),* 1744. In-12, figures, veau ant. marb.

Ce volume contient la réduction des figures de Boucher, faites pour le roman intitulé *Faunillane* et ayant servi à illustrer *Acajou et Zirphile*, édition in-4.

495. Paméla, ou la Vertu récompensée, traduit de l'anglois (de Richardson, par l'abbé Prévost). *A Amsterdam,* 1744-45. 4 vol. in-12, figures gr. par Punt et P. Yver, mar. r. fil. tr. dor. (*Rel. anc.*)

496. Lettres d'une Péruvienne, par Mme de Graffigny. *A Paris, de l'impr. de P. Didot l'aîné, an V*, 1797. 2 vol. in-18, portr. gr. par de Launay, et figures de Lefebvre, mar. r. fil. tr. dor.

Exemplaire en papier vélin.

497. LE TRIOMPHE DE SENTIMENT, par monsieur de Bibiena. *La Haye, chez P. Paupie*, 1750. 2 tomes en 1 vol. in-12, mar. bl. foncé, dos et coins ornés, doublé de tabis jaune, tr. dor. (*Reliure ancienne.*)

Exemplaire aux armes de madame de POMPADOUR. L'écusson est poussé en or sur les plats, et les trois tours y sont d'argent; on a appliqué une tour d'argent sur chaque coin et sur le dos de la reliure.
Ex libris de M. H. Bordes.

498. Lettres de la marquise de M*** au comte de R*** (par Crébillon fils). *A Londres et se trouve à Paris, chez Prault*, 1767. 2 part. en 1 vol. in-12, mar. citr. fil. tr. dor. (*Rel. anc.*)

499. LE TEMPLE DE GNIDE (par Montesquieu). Nouvelle édition, avec figures gravées par N. Le Mire, d'après les dessins de Ch. Eisen, le texte gravé par Drouët. *A Paris, chez Le Mire*, 1772. Gr. in-8, front. titre gr. et figures, veau ant. marb. fil. tr. dor.

Bonnes épreuves des figures.

500. Les Aventures d'Abdalla, ou son voyage à l'isle de Borico. Traduction de l'arabe (ouvrage laissé imparfait par l'abbé J.-P. Bignon, sous le nom de M. Sandisson). *A la Haye, et se trouve à Paris, chez Musier*, 1773. 2 vol. in-12, figures non signées, veau f. fil. (*Rel. anc.*)

501. La Vertu chancelante, ou la Vie de mademoiselle d'Amincourt (par madame la présidente d'Ormoy). *A Liège, et se trouve à Paris, chez Moureau*, 1778. In-12, mar. r. fil. tr. dor. (*Reliure ancienne.*)

502. Le Prince Gérard de Nevers et la belle Eu-

riant sa mie, par M. le comte de Tressan. *Paris, Didot*, 1780. In-18, mar. v. dent. doublé de tabis, tr. dor. (*Rel. anc.*)

De la collection du comte d'Artois. Exemplaire sur papier fin, avec les armes sur le titre.

503. Histoire de Tristan de Léonnois, par M. le comte de Tressan, *Paris, Didot*, 1781. In-18, mar. vert, dent. doublé de tabis, tr. dor. (*Rel. anc.*)

De la collection du comte d'Artois. Exemplaire en papier fin avec les armes sur le titre.

504. Le Cousin de Mahomet, orné de figures (par Fromaget). *A Constantinople* (*Paris*), 1781. 2 vol. in-12, mar. r. fil. tr. dor. (*Rel. anc.*)

Joli exemplaire, provenant de la vente Emm. Martin.

505. Richardet, poëme. *Londres* (*Cazin*), 1781. 2 vol. in-18, front. gr. par Duponchel, mar. r. fil. tr. dor. (*Reliure ancienne.*)

Bel exemplaire. De la bibliothèque Emm. Martin.

506. Galatée, roman pastoral imité de Cervantes, par M. de Florian, de l'Académie françoise, etc., édition ornée de figures en couleur, d'après les dessins de M. Monsiau. *A Paris, chez Defer de Maisonneuve*, 1793, gr. in-4, fig. col. mar. r. fil. tr. dor.

507. Les Six Nouvelles de M. de Florian. *A Paris, de l'impr. de Didot l'aîné*, 1784. In-18, front. gr. mar. r. fil. tr. dor. (*Rel. anc.*)

508. Estelle, roman pastoral, par M. de Florian. *A Paris, de l'impr. de Monsieur*, 1788. In-18, figures de Queverdo, mar. r. fil. tr. dor. (*Reliure ancienne.*)

Exemplaire sur *papier vélin*.
Bel exemplaire.

509. Les Amours du chevalier de Faublas, par Louvet de Couvray. Nouvelle édition. *Paris*,

Ambr. Tardieu, 1825. 4 vol. in-8, fig. chag. r. fil. et comp. dos orné, tr. dor.

On a joint à cet exemplaire les figures si recherchées de la première édition illustrée (*an VI*, 1798) par Marillier, Monsiau, Monnet, Dutertre, Mlle Gérard, Demarne ; ÉPREUVES AVANT LA LETTRE, moins quatre figures qui ont été remplacées par des épreuves avec la lettre. Toutes ces figures sont fort rares.

En outre, on trouve ici les gravures d'après Colin *sur chine avant la lettre*, et les EAUX-FORTES, et des figures sur acier de Rogier. L'exemplaire est sur GRAND PAPIER VÉLIN.

510. Joseph, poëme, par M. Bitaubé. *Paris, Didot l'aîné*, 1786. 2 vol. in-18, portr. et figures de Marillier, mar. r. fil. comp. à losanges, dos orné à petits fers et mosaïque de mar. v. doublé de tabis bl. tr. dor.

Exemplaire en *papier vélin*, provenant de la bibliothèque de M. Emm. Martin.

Cachet sur les titres.

511. Ollivier, poëme, par Cazotte. *A Paris, de l'impr. de P. Didot l'aîné, an VI* (1798). 2 vol. in-18, figures de Lefebvre, bas. ant.

512. Paul et Virginie, suivi de la Chaumière indienne, par Bernardin de Saint-Pierre, précédé d'une Notice historique sur Bernardin de Saint-Pierre, par M. C.-A. Sainte-Beuve. *Paris, Furne*, 1853. Gr. in-8, portraits, vign. sur bois dans le texte et figures de Tony Johannot, chagr. viol. fil. comp. dorés sur les plats, tr. dor.

Exemplaire unique, tiré sur papier vert.

513. ZÉLOMIR, par Morel (Vindé). *De l'impr. de P. Didot l'aîné. A Paris, chez Bleuet*, 1801. In-18, figures, cuir de Russie, fil. tr. dor.

Exemplaire *sur grand papier vélin*, avec les figures de Lefebvre, AVANT LA LETTRE, et les EAUX-FORTES.

514. Antigone, par M. P.-S. Ballanche, seconde édition, ornée de dix gravures d'après les dessins de M. Bouillon. *A Paris, de l'impr. de P. Didot l'aîné*, 1819. Gr. in-8, portr. et fig. demi-rel. avec coins, cuir de Russie, non rogné. (*Simier.*)

Exemplaire sur GRAND PAPIER VÉLIN, avec la double suite des figures de Bouillon; AVANT LA LETTRE, papier blanc, et AVANT LA LETTRE, papier de Chine; de plus, on a ajouté un portrait original de Ballanche, A LA PLUME ET AU LAVIS, et une figure de Martini.

515. Les Contes drolatiques, colligez ez abbayes de Touraine, et mis en lumière par le sieur de Balzac, pour l'esbattement des pantagruelistes et non aultres. Septiesme édition, illustrée de 425 dessins par Gust. Doré. *Paris, Garnier, s. d.* In-8, mar. vert, fil. dent. int. doré en tête, ébarbé. (*Hardy-Mennil.*)

Exemplaire sur PAPIER DE CHINE, non rogné.

---

516. IL DECAMERONE di M. Giovanni Boccaccio. *Londra*, 1757. 5 vol. in-8, portr. front. gr. et figures, mar. grenat, fil. tr. dor. (*Reliure anglaise.*)

Édition ornée d'un grand nombre de figures de Gravelot, Boucher, Eisen, Cochin, et de culs-de-lampe à la fin de chaque conte. On a ajouté à cet exemplaire la suite de *vingt figures* doubles, sans le frontispice de cette suite.

Tous les volumes sont atteints légèrement par l'humidité au bas des marges.

517. LE DÉCAMÉRON de J. Boccace. *Londres* (*Paris*), 1757-61. 5 vol. in-8, figures de Gravelot, veau éc. tr. r.

Très-bel exemplaire sur grand papier.

518. Contes et Nouvelles de Bocace, traduction libre, accommodée au goût de ce temps. *A Amsterdam, chez J. Gallet*, 1698. 2 vol. pet. in-8, figures à mi-pages, veau f. ant. fil.

Il manque le titre imprimé du premier volume.

519. Histoire de Roland l'Amoureux, comprenant ses faits d'armes et amours, auec un bien dire et fictions très élégantes, rauissant les cœurs d'un chacun, et les inuitant à la lecture d'iceux discours. Mise en françois de l'italien du seigneur Matthieu-Marie Boyard, comte de Scandien, par M. Jaques Vincents, dernière édition, reueuë et diligemment expurgée des fautes qui sont passees aux precedentes impressions. *A Lyon, chez*

Pierre Rigaud, 1605. In-8, veau f. ant. fil. dos orné.

Exemplaire aux armes du comte d'Hoym..

520. Vida y hechos del ingenioso hidalgo don Quixote de la Mancha, compuesta por Miguel de Cervantes Saavedra, con muy bellas estampas, gravadas sobre los dibujos de Coypel, primer pintor de el Rey de Francia. En quatro tomos. *En Amsterdam y en Lipsia, por Arkstée y Merkus,* 1755. 4 vol. pet. in-8, figures gr. par Fokke, Folkema et Tangé, *cart. non rognés.*

Bonnes épreuves des figures.

521. Histoire de l'admirable Don Quixotte de la Manche (par Cervantès). *Suivant la copie imprimée à Paris, chez Ch. Barbin,* 1681. 4 vol. in-12, front. gr. et figures, vél. à recouv.

Cette édition s'annexe aux elseviers.

On a ajouté à cet exemplaire un tome second de la même édition, relié en veau, pour remplacer l'autre qui est piqué de vers.

Bel exemplaire, grand de marges.

522. Nouvelles de Michel de Cervantès, auteur de l'histoire de Don Quichotte. Traduction nouvelle, troisième édition, augmentée de plusieurs histoires. *A Amsterdam, chez Ét. Lucas,* 1720, 2 vol. in-12, front. gr. et figures, mar. r. fil. tr. dorée. (*Reliure ancienne.*)

523. L'Ingénieux Chevalier Don Quixote de la Manche (par Cervantès). *A Paris, chez Th. Desoer,* 1821. 4 vol. pet. in-12, vignettes de Devéria, mar. viol. fil. tr. dor.

524. Tom Jones, histoire d'un enfant trouvé, traduction nouvelle par Defauconpret, précédée d'une Notice biographique et littéraire sur Fielding, par Walter Scott. *Paris, Furne,* 1835. 2 vol. in-8, vign. sur les titres et figures d'A. Johannot, demi-rel. veau f. ant. non rognés.

525. Histoire de Tom Jones, ou l'Enfant trouvé, tra-

duction de l'anglois, de M. Fielding, par M. de la Place, enrichie d'estampes dessinées par M. Gravelot, 3e édition, revue et corrigée. *A Londres, et se trouve à Paris, chez Rollin*, 1751. 4 vol. in-12, titres gr. et figures, veau ant. marb.

526. Histoire d'Amyntor et de Thérèse, traduite de l'anglois (par Mme d'Arconville). *A Amsterdam*, 1770. In-12, mar. r. fil. tr. dor. (*Reliure ancienne.*)

Ex libris de Mme d'Arconville.

527. A Series of sketches of the existing localities alluded to in the Waverley Novels, etched from original drawings, by James Skeney. *Edinburgh*, 1829. In-12, figures, veau f. ant. fil.

Tome premier seulement.
De la bibliothèque de M. Emm. Martin.

528. Cratès et Hipparquée, roman de Wieland, suivi des Pythagoriciennes, par le même, traduit par M. de Vanderbourg. *Paris*, 1818. 2 vol. in-12, mar. bl. dent. tr. dor. (*Simier, rel. du Roi.*)

Exemplaire sur PAPIER ROSE, tiré à très-petit nombre, et provenant de la bibliothèque Emm. Martin.

529. Contes fantastiques, de E.-T.-A. Hoffmann, traduction nouvelle précédée d'une notice... par H. Egmont. *Paris, Camuzeaux*, 1836. 4 tomes en 2 vol. in-8, figures de C. Rogier, encadrées d'ornements tirés en bleu, demi-rel. veau r. non rog.

De la bibliothèque de M. Emm. Martin.

530. ŒUVRES de Salomon Gessner. *A Paris, chez Ant.-Aug. Renouard, an VII* (1799). 4 vol. in-8, portraits et figures de Moreau le jeune, mar. r. dent. tr. dor.

Bel exemplaire aux armes de la duchesse de Berri.
Bonnes épreuves des figures.

V. PHILOLOGIE. — FACÉTIES. — SATIRES. DIALOGUES. — ÉPISTOLAIRES.

531. Auli Gellii Noctes atticæ, editio nova et prioribus omnibus docti hominis cura multo castigatior. *Amstelodami, apud Lud. Elzevirium*, 1651. In-12, front. gr. mar. r. fil. tr. dor. (*Reliure ancienne.*)

Joli exemplaire. Haut. : 130 millimètres.
Ex libris Mar. de Champ-Repus.

532. Les Nuits attiques d'Aulu-Gelle, traduites pour la première fois; accompagnées d'un commentaire, et distribuées dans un nouvel ordre, par M. l'abbé de V*** (Verteuil). *A Paris, chez Visse*, 1789. 3 vol. in-12, veau f. ant. fil. dos orné. (*Bonne rel. anc.*)

533. Réflexions critiques sur la poésie et sur la peinture, par M. l'abbé du Bos. *A Paris, chez Pissot*, 1755. 3 vol. in-12, mar. r. fil. tr. dor. (*Rel. anc.*)

Bel exemplaire aux armes du marquis de Vilette, appliquées sur le dos.
Ouvrage estimé.

534. Discours sur le proverbe : Quatre-vingt-dix-neuf moutons et un Champenois font cent bêtes, par M. Herluison. *Paris, Voland,* 1810. Plaq. in-8, de 32 pages, demi-rel. avec coins, mar. r. *non rognée.*

Plaquette intéressante et rare.
Exemplaire auquel on a ajouté un portrait d'Herluison, gravé par Massard; épreuve AVANT LA LETTRE.
De la bibliothèque de M. Emm. Martin.

535. Pensées facétieuses, et Bons Mots de Bruscambille, comédien original. *A Cologne, chez Ch. Savoret*, 1709. In-12, front. gr. mar. v. tr. dor.

536. Baliverneries ou Contes nouveaux d'Eutrapel, autrement dit Léon Ladulfi. *A Paris, par Estienne Groulleau, libraire, demourant en la rue Neuve Nostre-Dame, à l'enseigne Saint Jean-Baptiste,*

1548. Pet. in-12, mar. r. fil. à comp. doublé de soie bl. tr. dor.

Réimpression moderne faite à Londres, en 1815. Tirée à 100 exemplaires.

537. Les Arrêts d'amours, avec l'Amant rendu cordelier à l'observance d'amours, par Martial d'Auvergne, dit de Paris, procureur au parlement, accompagnez des commentaires juridiques et joyeux de Benoît de Court, jurisconsulte; dernière édition revue, corrigée et augmentée de plusieurs arrêts, de notes, et d'un glossaire des anciens termes. *A Amsterdam, chez Fr. Changuion*, 1731. In-12, mar. r. fil. tr. dor. (*Reliure ancienne.*)

Bel exemplaire.

538. Histoire de la Galanterie chez les différents peuples. *Paris, Maradan*, 1793. 2 vol. in-8, fig. mar. v. fil. tr. dor. (*Chambolle-Duru.*)

539. Bonaventure Desperiers, Cirano de Bergerac, par M. Ch. Nodier. *Paris, Techener*, 1841. In-8, demi-rel. avec c. mar. la Vall. doré en tête, non rog. (*David.*)

540. Recueil des Chevauchées de l'asne, faites à Lyon en 1566 et 1578, augmenté d'une complainte inédite du temps sur les maris battus par leurs femmes, précédé d'un avant-propos sur les fêtes populaires en France. *A Lyon, chez N. Scheuring*, 1862. In-8, de 35 pp. fig. fac-similé, mar. r. fil. dos orné, dent. int. tr. dor. (*Capé.*)

Exemplaire sur PAPIER DE CHINE.

541. Sermon pour la consolation des C***, suivi de plusieurs autres, comme celui du curé de Colignac, prononcé le jour des Rois; celui du R.-P. Zorobabel, capucin, prononcé le jour de la Magdelaine. *A Amboise, chez J. Coucou, à la Corne de cerf*, 1751. — Le C*** consolateur. *L'an du C****, 5810. — Sermon d'un cordelier à des vo-

leurs qui lui demandoient de l'argent ou la vie. *S. l.*, 1752.— En 1 vol. in-12, demi-rel. mar. or. fil. doré en tête, non rogné.

Réimpressions faites à Paris, vers 1820, de pièces devenues rares. Ex libris H. Bordes.

542. Nouveautés dédiées à gens de différens états, depuis la charruë jusqu'au sceptre (par Bordelon). *A Paris*, 1724. 2 vol. in-12, mar. r. fil. tr. dor. (*Rel. anc.*)

543. Il Libro del Perchè, la Pastorella del Marino, la novella dell'Angelo Gabriello, coll'aggiunta della Membrianeide, ed altre cose piacevoli. *Nullibi et ubique, nel XVIII secolo.* In-12, veau ant. marb. fil.

544. La Zucca del Doni Fiorentino, divisa in cinque libri di gran valore..., espurgata, corretta e riformata, con permissione de' superiori, da Jeronimo Gioannini da Capugnano Bolognese. *In Venetia, appresso Gerolamo Polo*, 1589. Pet. in-8, cart.

545. Éloge de l'Enfer, ouvrage critique, historique et moral (par Bénard). *La Haye*, *P. Gosse*, 1759. 2 vol. in-12, mar. r. jans. tr. dor. (*Hardy.*)

Exemplaire sur PAPIER DE HOLLANDE, relié sur brochure.

546. Le Livre de quatre couleurs (par Caraccioli). *Aux Quatre Éléments, de l'impr. des Quatre-Saisons*, 4444 (1757). — Le Livre à la mode, nouvelle édition, marquetée, polie et vernissée (par le même). *En Europe, chez les libraires*, 100070060. In-12, mar. r. fil. à comp. tr. dor.

547. L'Art de désopiler la rate, *sive de modo c. prudenter*, en prenant chaque feuillet pour se T. le D., entremêlé de quelques bonnes choses. *A Gallipoli de Calabre, l'an des folies* 175884. In-12, mar. r. fil. dent. int. tr. dor. (*Chambolle-Duru.*)

Ex libris de M. H. Bordes.

548. Satire d'un curé picard sur les vérités du temps, par le R. P***, jésuite. *Avignon, Cl. Lenclume, à l'enseigne de Muchetenpot*, 1754. In-12, mar. vert, tr. dor. (*Duru.*)

Curieuse satire en patois picard. Exemplaire de Ch. Nodier.

549. Les Entretiens d'Ariste et d'Eugène (par le Père Bouhonrs). *A Amsterdam, chez Jaques le Jeune* (*à la Sphère*), 1671. *Sur la copie imprimée à Paris*. In-12, front. gr. mar. vert, dent. int. tr. dor. (*Capé.*)

Selon Motteley, cette édition est due à D. Elsevier. Haut. : 131 mill. Ex libris Mar. de Champ-Repus.

550. Jugement de Pluton, sur les deux parties des nouveaux dialogues des morts (par Fontenelle). *Imprimé à Paris, et se vend à Lyon chez T. Amaulry*, 1684. In-12, veau f. fil. tr. dor. (*Petit, successeur de Simier.*)

551. Lettres inédites de Diane de Poytiers publiées d'après les manuscrits de la Bibliothèque impériale, avec une introduction et des notes, par Georges Guiffrey. *Paris, J. Renouard*, 1866. In-8, portr. et fac-simile, demi-rel. avec coins mar. olive, dos orné, fil. doré en tête, non rogné. (*Cuzin.*)

VI. POLYGRAPHES ET COLLECTIONS.

552. M. Tullii Ciceronis Opera, cum delectu commentariorum (studio Jos. Oliveti). *Parisiis, Jo.-Bapt. Coignard, Hipp. Lud. Guérin, Joan. Desaint et Jac. Guérin*, 1748-42. 9 vol. gr. in-4, front. gr. mar. bl. fil. à fr. tr. dor. (*H. Duru.*)

Superbe exemplaire de cette édition qui n'a été tirée qu'à 650 exemplaires ; celui-ci est dans une condition exceptionnelle de reliure.

553. M. Tullii Ciceronis, De philosophia... *Parisiis, ex off. Rob. Stephani*, 1543. 2 vol. — Orationes..., *Parisiis*, 1543. 2 vol. — Epistolæ familiares... *Parisiis*, 1543. 1 vol. — Epistolæ ad

Atticum, ad M. Brutum... *Paris*, 1543. 1 vol. Ens. 6 vol. in-8, réglés, caract. italiques, vél. à recouvr. tr. dor.

554. Elisii Calentii opuscula, silicet : Elegiarum libri III, Epigrammatum libellus, Epistolarum ad Hieracum lib. III, etc. *Romæ, per Joan. de Besickon, anno* 1503, *die vero XII, mensis decembris*, pet. in-fol. lettres rondes, chag. br. fil. à comp. (*Aux armes de Tinseau.*)

Édition originale d'un recueil rare ; elle est recherchée des curieux comme contenant plusieurs pièces trop libres, qui ont été supprimées dans les réimpressions.

Exemplaire provenant de la bibliothèque du château de S.-Ylie. Titre raccommodé.

555. Les Œuures meslées d'Est. Pasquier, contenans plusieurs discours moraux, lettres amoureuses, et matières d'Estat. *A Paris, chez L. Sonius*, 1619. In-8, mar. grenat, fil. dent. int. tr. dor. (*Cuzin.*)

Bel exemplaire.

Édition peu commune, qui contient à la fin : *la Puce des grands jours de Poitiers*, ou les différentes pièces de vers qui furent faites sur la puce de Madame des Roches, plus *la Main* et autres œuvres poétiques.

556. Les Œuvres de Scevole de Sainte-Marthe. *A Paris, par Mamert Patisson*, 1579. In-4, portrait aj. mar. bl. fil. à comp. dent. int. tr. dor. (*Capé-Masson-Debonnelle.*)

Exemplaire réglé, très-grand de marges.

557. Œuvres de Monsieur de la Fontaine. *A Anvers, chez les frères Jacob et Henry Sauvage*, 1726. 3 vol. in-4, portrait, texte encadré, veau fauve, fil. tr. r.

558. Œuvres complètes de la Fontaine, ornées de 120 gravures, d'après les dessins de Desenne, Chaudet, Huet, etc. *A Paris, chez A. Nepveu*, 1820. 16 tomes en 8 vol. — Histoire de la Vie et des ouvrages de J. de la Fontaine, par C.-A. Walckenaer. *Paris, Nepveu*, 1821. 2 tomes en

1 vol. Ens. 9 vol. in-18, port. et figures, mar. bl. fil. comp. à froid sur les plats, tr. dor.

559. Nouvelles Œuvres diverses de J. de la Fontaine, et poésies de F. de Maucroix, accompagnées d'une vie de F. de Maucroix, de notes et d'éclaircissements, par C.-A. Walckenaer. *A Paris, chez A. Nepveu*, 1820. Gr. in-8 fig. demi-rel. mar. r. non rog.

Exemplaire sur GRAND PAPIER VÉLIN.
De la bibliothèque de M. Emm. Martin.

560. Les Nouvelles Œuvres de M. Le Pays. *A Amsterdam, chez Abr. Wolfgank, suivant la copie de Paris*, 1674. 2 part. en 1 vol.— Amitiez, Amours et Amourettes, par M. Le Pays, dernière édition corrigée de plusieurs fautes qui se sont glissées dans les précédentes. *Suivant la copie de Paris, se vendent à Amsterdam, chez Abr. Wolfgank*, 1678. Front. gr. — Portrait de l'auteur des Amitiez.... *Suiv. la copie...*, 1678. 39 pp. Ens. 2 vol. pet. in-12, mar. r. fil. tr. dor. (*Chambolle-Duru.*)

Jolie édition recherchée. Bel exemplaire.
Ex-libris Mar. de Champ-Repus.

561. Amitiez, Amours et Amourettes, par M. Le Pays, dernière édition corrigée de plusienrs fautes qui se sont glissées dans les précédentes. *Suivant la copie de Paris, se vendent à Amsterdam, chez André de Hoogenhuysen*, 1689. Portrait de l'auteur des Amitiez..., 1689. 38 pp. — Les Nouvelles Œuvres de M. Le Pays, 1690. Ens. 3 part. en 1 vol. in-12, front. gr. veau f. fil. tr. dor. (*Petit, succ. de Simier.*)

Hauteur : 132 millim. 1/2.

562. Œuvres meslées de M. de Saint-Evremond, publiées sur les manuscrits de l'auteur. *A Londres, chez J. Tonson*, 1705. 3 vol. in-4, portrait, mar. r. fil. tr. dor. (*Rel. anc.*)

Bel exemplaire. La reliure porte, aux coins des plats, deux ancres de marine, attachées par un ruban.

563. Œuvres choisies de M. l'abbé Saint-Réal. *A Londres* (*Cazin*), 1783. 4 vol. in-18, mar. vert, fil. tr. dorée.

Reliure ancienne aux armes de Madame Victoire de France, fille de Louis XV.

564. ŒUVRES DE MONTESQUIEU, ses Éloges par d'Alembert et M. Villemain, les Notes d'Helvétius, de Condorcet et de Voltaire, suivi du commentaire sur l'Esprit des Lois, par M. le comte Destutt de Tracy. *Paris, Dalibon* (*de l'impr. de Cellot*), 1822. 8 vol. in-8, portraits et figures, demi-rel. avec coins mar. vert, non rognés. (*Bibolet.*)

Exemplaire sur GRAND PAPIER VÉLIN, auquel on a ajouté 29 pièces, dont 1 portrait par Devéria ; une jolie vignette sur chine, pour les lettres persanes ; la réduction de la suite des figures de Peyron, sur chine AVANT LA LETTRE, et la suite des figures de Lefèvre AVANT LA LETTRE, parfaitement remontée.

565. Œuvres complètes de Grécourt, enrichies de gravures. *A Paris, impr. de Chaignieau, l'an V*, 1796. 4 vol. in-8, portr. et figures de Fragonard fils, bas. ant.

566. Œuvres choisies de Lebrun, précédées d'une notice sur sa vie et ses ouvrages, par M. D*** (Després), avec portrait. *Paris, Janet et Cotelle,* 1829. Gr. in-8, portr. demi-rel. veau vert, non rog. (*Charon.*)

Exemplaire sur GRAND PAPIER VÉLIN. On a ajouté au portrait de Devéria un beau portrait d'après Choquet, gravé par Macret, ÉPREUVE D'ARTISTE, avant le nom du graveur, et avec des notes au crayon du dessinateur; une figure de Moreau gravée par de Villiers, une vignette de Desenne, et une figure de Moreau gravée par Dupréel, ÉPREUVE AVANT LA LETTRE. De la bibliothèque de M. Emm. Martin.

567. Œuvres complètes de V. Hugo, nouvelle édition, ornée de vignettes. *Paris, Alex. Houssiaux,* 1869. 18 vol. in-8 portr. et figures, mar. r. fil. dos orné, dent. int. tr. dor. sur marb. (*Capé, Masson-Debonnelle, succ.*)

L'un des vingt-cinq exemplaires sur PAPIER DE HOLLANDE.

568. Œuvres de Charles Nodier. *Paris, Eug. Ren-*

duel, 1832. 7 vol. in-8, demi-rel. veau bl. tr. marb.

569. Œuvres complètes de Alfred de Musset, avec lettres inédites, variantes, notes, index, fac-similé, notice biographique par son frère, édition dédiée aux amis du poète, ornée de 28 dessins de M. Bida, et d'un portrait de Alfred de Musset, d'après l'original de M. Landelle, gravés sur acier sous la direction de M. Henriquel Dupont, par les premiers artistes. *Paris, Charpentier,* 1866. 10 vol. gr. in-8 figures, demi-rel. avec c. mar. r. fil. dorés en tête, non rog. (*Capé.*)

Exemplaire sur GRAND PAPIER DE HOLLANDE, figures sur chine AVANT LA LETTRE.

570. COLLECTION DES AUTEURS CLASSIQUES FRANÇOIS. Imprimée par ordre du Roi pour l'éducation de Monseigneur le Dauphin. *A Paris, de l'impr. de Didot l'aîné,* 1783-88. 18 vol. in-18, mar. r. tr. dor. (*Derome.*)

Bel exemplaire sur PAPIER VÉLIN, avec les armes sur les titres.

Cette collection se compose des auteurs suivants : Boileau, 3 vol. — Bossuet, discours, 4 vol. — La Fontaine, fables, 2 vol. — Fénelon, Télémaque, 4 vol. — Racine, 5 vol.

Reliure fraîche et bien conservée.

571. Collection des meilleurs ouvrages de la langue française, dédiée aux amateurs de l'art typographique. *Paris, de l'impr. de P. Didot, et ensuite de Jules Didot, son fils.* 58 vol. in-8, demi-rel. avec c. mar. r. fil. dorés en tête, non rognés.

Les volumes de cette collection ont été publiés dans l'ordre suivant :

Petit Carême de Massillon, 1812. 1 vol.
Fables de la Fontaine, 1813. 2 vol.
Les Caractères de la Bruyère 1813. 2 vol.
Œuvres de J. Racine, 1813. 5 vol.
Discours sur l'Histoire universelle, par Bossuet, 1814. 2 vol.
Aventures de Télémaque, de Fénelon, 1814. 2 vol.
Oraisons funèbres de Bossuet, 1814. 1 vol.
Grandeur des Romains, de Montesquieu, 1814. 1 vol.
Maximes de la Rochefoucauld, 1815. 1 vol.
Œuvres de Boileau, 1815. 3 vol.
Les Provinciales de Pascal, 1816. 2 vol.
Pensées de Pascal, 1817. 2 vol.
Œuvres de Molière, 1817. 7 vol.
Histoire de Charles XII, par Voltaire, 1817. 1 vol.

Œuvres de Crébillon, 1818. 2 vol.
Œuvres choisies de J.-B. Rousseau, 1818. 2 vol.
Dialogue des Morts, par Fénelon, 1819. 1 vol.
Œuvres de Regnard, 1819. 4 vol.
Histoire de Gil Blas, par Le Sage, 1819. 3 vol.
Lettres persanes, par Montesquieu, 1820. 3 vol.
De l'Esprit des Lois, par le même, 1820. 4 vol.
La Religion..., par L. Racine, 1821. 1 vol.
Romans et Contes, de Voltaire, 1821. 3 vol.
Nouvelle Héloïse, par J.-J. Rousseau, 1825. 3 vol.
Bel exemplaire en PAPIER VÉLIN.

Pour que cette collection soit complète, il faut y joindre les ouvrages suivants :

Chefs-d'œuvre de P. Corneille, 1814. 3 vol. — La Henriade de Voltaire, 1814. 1 vol. — Poésies de Malherbe, 1815. 1 vol. — L'Esprit du grand Corneille, 1819. 2 vol. — Siècle de Louis XIV et de Louis XV, par Voltaire, 1821. 4 vol. — Poésies diverses, de Voltaire, 1823. 5 vol. — Oraisons funèbres de Fléchier, 1824. 1 vol.

572. Collection de petits classiques françois (dédiée à S. A. R. Mme la duchesse de Berry). *Paris, Delangle,* 1825-26. 8 vol. in-12, demi-rel. avec c. mar. citr. non rognés.

Madrigaux de M. de la Sablière. — Conjuration du comte de Fiesque, par le cardinal de Retz. — Voyage de Chapelle et de Bachaumont. — Diverses petites poésies du chev. d'Aceilly. — La Guirlande de Julie, offerte à Mlle de Rambouillet, par M. de Montausier. — Œuvres choisies de Sénecé. — Relation des campagnes de Rocroi et de Fribourg, par H. de Bessé. — Œuvres choisies de Sarrazin.

HISTOIRE.

573. Géographie de Strabon, traduite du grec en français (par La Porte du Theil, Coray et Letronne, avec des notes et une introduction par Gosselin). *A Paris, de l'Impr. imp., an VIII* (1805-1819). 5 vol. gr. in-4, cartes, demi-rel. avec c. mar. r. tête jaspée, *non rogné.* (*Kœhler.*)

Un des cinquante exemplaires en GRAND PAPIER VÉLIN, qui n'ont pas été livrés au commerce. Bel exemplaire de cette superbe édition.

574. Voyages en France. *Paris, Chaignieau, l'an IV.* 4 vol. in-18, figures, demi-rel. avec c. mar. r. dorés en tête, non rog.

Bel exemplaire avec les figures AVANT LA LETTRE.

575. Voyage pittoresque dans les Pyrénées françaises et dans les départements adjacents, ou Collection de 72 gravures représentant les sites, les monuments et les établissements les plus remarquables, etc., d'après les dessins de M. Melling, avec un texte rédigé sur les lieux mêmes, par J.-A. Cervini, de Macerata. *A Paris, chez Treuttel et Wurtz*, 1826-1830. 2 vol. in-fol. dont 1 de planches lith. demi-rel. avec coins mar. r. fil. tr. jasp.

576. Voyage pittoresque, ou Description des royaumes de Naples et de Sicile (par l'abbé de Saint-Non). *A Paris*, 1781-86. 4 tomes en 5 vol. gr. in-fol. planches, demi-rel. avec c. mar. r. non rog.

Bel exemplaire avec la planche des *Phallus* et les 14 *doubles médailles.*

577. Voyage d'Italie, de Dalmatie, de Grèce et du Levant, fait aux années 1675 et 1676, par Jacob Spon et Georges Wheler. *A Amsterdam, chez Henry et Théodore Boom*, 1679. 2 vol. in-12, front. gr. fig. et plans, mar. vert, fil. à froid, tr. dor. (*Niedrée.*)

Bel exemplaire de cet édition peu commune que l'on joint à la collection des Elsevier. Armes et chiffre du marquis de Coislin. Il provient des bibliothèques Motteley et Mar. de Champ-Repus.

578. Voyage d'Espagne, contenant, entre plusieurs particularitez de ce royaume, trois discours politiques sur les affaires du protecteur d'Angleterre, la reine de Suède, et du duc de Lorraine, revu, corrigé et augmenté sur le M. S. avec une relation de l'estat et gouvernement de cette monarchie, et une relation particulière de Madrid. *A Cologne, chez P. Marteau (à la Sphère)*, 1666. 2 part. en 1 vol. in-12, mar. vert, fil. dent. int. tr. dor. (*Cuzin.*)

Ex libris Mar. de Champ-Repus. Haut. : 129 millimètres.

579. Voyage dans la Russie méridionale et la Crimée, par la Hongrie, la Valachie et la Moldavie,

exécuté en 1837. — Atlas par Raffet. — 100 planches lith. sur chine, en 1 vol. gr. in-fol., demi-rel. mar. viol.

580. Voyage pittoresque et archéologique en Russie, exécuté en 1839, sous la direction de M. Anatole de Demidoff, dessins faits d'après nature et lithographiés par André Durand. *S. l. n. d.* 74 planches lith. teintées, réun. en 1 vol. in-fol. demi-rel. mar. viol.

581. Voyages trés-curieux et très-renommez faits en Moscovie, Tartarie et Perse, par le Sr Adam Olearius, traduits de l'original et augmentez par le Sr de Wiquefort. *A Amsterdam, chez M. Ch. Le Cène,* 1727. 2 tomes en 1 vol. — Voyages célèbres et remarquables, faits de Perse aux Indes Orientales, par le Sr J.-Alb. de Mandelslo, traduits de l'original (par le même). *Amsterdam,* 1727. 2 tomes en 1 vol. in-fol. planches et cartes, mar. r. tr. dor. (*Reliure ancienne.*)

Légères piqûres de vers.

582. Le Grant Voyage de Hie- || rusalem divisé en deux || parties. En la première est traicté des peregrinations de la saincte ci || té de Hierusalem | Du moint saincte Katherine de Sinay et autres || lieux sainctz | avec les *a* | *b* | *c* | des lettres grecques | caldees | habraicques | et arabiques | avec aucuns langaiges des Turcz trãslatez en frãçois. || ❡ En la seconde partie est traicte des croisees et entreprinses faictes || par les roys et princes chrestiens pour la recouurance de la terre sain- || cte ꝛ augmentation de la foi Cõme Charles Martel | Pepin | Char- || lemaigne, le roy sainct Loys Godeffroy de buillon ꝛ autres qui ont || conquesté la cité de Hierusalem. || ❡ Des guerres des Turcz et Tartarins. La prinse de Cõstantino- || ble | du siége de Rhodes | la prinse de Grenade | avec l'histoire de So- || phie. Les guerres et

batailles entre le grant Turc et le grant Souldan || faictes depuis naguère. Le chemin et voyaige de Romme auec les || stations des églises où sont les grans pardons, et plusieurs autres || choses singulières. || ◖ *Imprime à Paris, pour François Regnault, libraire, demeurant en || la grant rue Sainct Jaques a limaige sainct Claude.* || ◖ *Cum privilegio.* || (A la fin :) || ◖ *Cy finist le grant voyage de Hierusalem avec plu- || sieurs autres choses singulières touchât les guerres || et croisees que ont fait les princes chrestiens pour la || recouurance de la Terre Saincte, et aussi le chemin de || Romme | avec toutes les églises et stations de ladicte || cite. Imprime a Paris, pour François Regnault, libraire, || jure de l'université de ladicte ville, le XXe jour de mars. || L'an mil cinq cens XXII.* 2 part. en 1 vol. in-4, figures sur bois, mar. la Vall. fil. comp. sur les plats, dorés à petits fers, dent. int. tr. dor. (*Capé.*)

Très-bel exemplaire de ce livre rare. La grande planche qui représente le pape assis, entouré de tous les princes, est un fac-similé fait par A. Pilinski, en 1865.

583. Panorama d'Égypte et de Nubie, avec un portrait de Méhémet-Ali, et un texte orné de vignettes, par H. Horeau. *Paris*, 1841. Gr. in-fol. planches en couleurs et vig. sur bois, demi-rel. avec c. mar. la Vall. fil. doré en tête, non rog. (*Capé.*)

584. Ismailïa. A narrative of the expedition to central Africa for the suppression of the slave trade organized by Ismail, khedive of Egypt, by sir Samuel W. Baker, pacha. *London, Macmillan*, 1874. 2 vol. in-8, figures sur acier et fig. sur bois, cart. non rognés.

585. Voyage fait par ordre du Roy en 1750 et 1751, dans l'Amérique septentrionale, par M. de Chabert, *A Paris, de l'Impr. roy.* 1753. In-4, cartes et planches, mar. r. fil. tr. dor. (*Reliure ancienne.*)

Exemplaire aux armes de Choiseul, duc de Praslin.

586. Chronologie et Sommaire des Souverains Pontifes, Anciens Pères, Empereurs, Rois, Princes et Hommes illustres, dès le commencement du monde jusques à l'an de grâce mil six cent vingt-deux. Recueillies et mis en cet ordre par J. L. B. (*Paris*), 1622. Fort vol. in-fol. demi-rel. mar. r. ant.

Cet ouvrage est connu sous le nom de CHRONOLOGIE COLLÉE.
Exemplaire contenant 1887 portraits gravés par les meilleurs artistes du temps et disposés en plusieurs séries, dont quelques-unes sont très-rares, notamment les *Sibylles* de Th. de Leu et les portraits de plusieurs hommes qui ont fleuri en France depuis l'an 1500.
Piqûre de ver et mouillure à la fin du volume.
Titre en or et en couleur.

587. L'Histoire ecclésiastique de Eusèbe de Césarée translatée de latin en frãçoys par messire Claude de Seyssel, evesque lors de Marseille et depuis archevesque de Thurin. *Imprimé en Anvers par moy Martin Lempereur, l'an de Nostre Seigneur* 1533. Pet. in-8 goth. de 12 ff. non chiffrés, et de 297 ff. chiffrés, encadr. du titre sur bois, mar. br. comp. à froid, tr. dor. (*Niedrée.*)

Bel exemplaire, grand de marges.
Les feuillets du commencement du volume ont été restaurés.

588. Discours sur l'histoire universelle, pour expliquer la suite de la religion et les changemens des empires, par messire Jacques-Benigne Bossuet, *A Paris, chez Seb. Mabre-Cramoisy*, 1681. In-4, mar. r. jans. dent. int. tr. dor. (*Hardy.*)

ÉDITION ORIGINALE. Bel exemplaire.

589. DISCOURS SUR L'HISTOIRE UNIVERSELLE, par messire Jacques-Benigne Bossuet. *A Paris, chez S. Mabre-Cramoisy, et se vend présentement chez L. Roulland*, 1691. In-12, mar. r. fil. tr. dor. (*Reliure ancienne.*)

590. LES VIES DES HOMMES ILLUSTRES, grecs et romains, comparées l'une avec l'autre, par Plutarque de Cheronée, translatées premièrement de grec en françois par maistre Jaques Amyot... et depuis en ceste troisiesme edition revues et corrigées en infinis passages par le mesme translateur. *Paris, par Vascosan,* 1567. 6 vol. — Décade contenant les Vies des empereurs, extraictes de plusieurs autheurs grecs, latins et espagnols, et mises en françois par Ant. Allegre. *Paris, Vascosan,* 1567. 1 vol. — Les OEuvres morales et meslées de Plutarque, translatées de grec en françois. *Paris, Vascosan,* 1574. 6 vol. et table, 1 vol. Ens. 14 vol. pet. in-8, mar. r. fil. tr. dor. (*Reliure ancienne.*)

Cette édition est très-belle et très-recherchée. Cet exemplaire est bien complet; il contient, dans le tome VI, *les Vies de Hannibal et de Scipion l'Africain, traduittes par Ch. de l'Ecluse et la Décade* forme le tome VII. Rare en cette condition.

591. Las Vidas de los illustres y excellentes Varones Griegos y Romanos, escritas primero en lengua griega por el graue philosopho y verdedero historiador Plutarcho de Cheronea, y agora nueuamente traduzidas en castellano por Juan Castro de Salinas. *Imprimieronse en la imperial ciudad de Colonias, y vendense en Anuers en casa de Arnoldo Bireman, a la enseña de Gallina gorda,* 1562. In-fol. mar. comp. dorés sur les plats, tr. dor. (*Rel. du temps.*)

Exemplaire réglé, provenant de la bibliothèque de Rosny.

592. La Cyropédie de Xénophon, excellent philosophe historien, divisée en huit liures, esquelz est amplement traité de la vie, institution, et faitz de Cyrus, roy des Perses, traduite du grec en langue françoyse, par Jaques de Vintemille, Rhodien. *A Paris, de l'impr. d'Est. Groulleau,* 1547. In-4, mar. la Vall. fil. à fr. milieu doré, tr. dor. (*Capé.*)

593. La Cyropédie, ou Histoire de Cyrus, traduite du grec de Xénophon, par M. Dacier. *Paris, Debure et Moutard,* 1777. 2 vol. in-12, mar. r. fil. tr. dorée. (*Rel. anc.*)

Exemplaire aux armes du duc d'ORLÉANS.

594. Portrait de la condition des rois, dialogue de Xénophon, intitulé Hiéron, traduit en françois, par M. Coste. *A Amsterdam,* 1745. — La Retraite des Dix Mille, de Xénophon, ou l'Expédition de Cyrus contre Artaxerxès, de la traduction de Nic. Perrot, sieur d'Ablancourt. *Amsterdam,* 1744. — Les Choses mémorables de Socrate, ouvrage de Xénophon, traduit du grec en françois par M. Charpentier, avec la Vie de Socrate, par le même. *Amsterdam, chez Fr. l'Honoré,* 1745. Ens. 3 ouvr. réun. en 2 vol. in-12, portr. et carte, mar. r. fil. tr. dor. (*Reliure signée : Derome.*)

595. Q. Curtii Rufi de rebus gestis Alexandri Magni libri superstites cum Freinshemii supplementis. *Parisiis, C.-L.-F. Panckoucke,* 1829. 2 vol. in-8, cart. non rognés dans des étuis.

Exemplaire sur PEAU DE VÉLIN, interfolié de papier de soie.

596. Caii Vellei Paterculi Historiæ romanæ, ad M. Vinicium, consulem. *Parisiis, excudit C.-L.-F. Panckoucke,* 1828. — L. Annæi Flori Epitome rerum romanarum. *Parisiis,* 1828. 2 ouvr. en 1 vol. in-8, cart. non rogné, dans un étui.

Exemplaire sur PEAU DE VÉLIN, interfolié de papier de soie.

597. Discours politiques de Machiavel, sur la première décade de Tite-Live. Traduction nouvelle. *A Amsterdam, chez H. Desbordes,* 1691. 2 vol. in-12, mar. vert, tr. dor. (*Rel. anc.*)

Ex libris et armes sur les plats, de Louis-César de Crémeaux, marquis d'Entragues.

598. C. Crispi Sallustii Opera quæ exstant, accedunt orationes et epistolæ ex historiarum libris superstites. *Londini, Basil Montagu Pickering,* 1864. In-4, mar. r. dent. int. tête dorée, éb. (*Dupré.*)

599. Suétone Tranquille. De la Vie des XII Césars, traduit par George de la Boutière Autunois. *A*

Lion, par J. de Tournes, 1569. In-4, titre encadré et portraits grav. sur bois, mar. r. fil. à froid, dent. int. tr. dor. (*Lortic.*)

Exemplaire grand de marges.
Le titre a été remmargé en tête.

600. Les Douze Césars, traduits du latin de Suétone, avec des notes et des réflexions, par M. de la Harpe. *A Paris, chez Lacombe et Didot l'aîné*, 1770. 2 vol. in-8, mar. r. fil. dos orné, tr. dor. (*Reliure ancienne.*)

Superbe exemplaire de dédicace, aux armes d'Étienne-François, duc DE CHOISEUL, comte de Stainville, ministre et secrétaire d'État, pair de France, colonel général des Suisses et Grisons, surintendant des postes, etc., accolées de celles de sa femme, la duchesse Louise-Honorine de Crozat du Châtel, la fille du financier Crozat.
La reliure est bonne et très-bien conservée.

601. C. Cornelius Tacitus ex J. Lipsii accuratissima editione. *Lugd. Batav., ex officina Elzeviriana, anno* 1634. In-12, titre-front. gr. mar. r. fil. tr. dor. (*Reliure ancienne.*)

Exemplaire aux armes de Durfort-Duras.
Légère déchirure à la marge extérieure du titre.

602. Tableaux de l'histoire romaine, ouvrage posthume abrégé de Millot par lui-même, orné de 48 figures qui en représentent les traits les plus intéressants. *A Paris, de l'impr. de Gay et Gide, l'an IV de la Rép.* (1796). In-fol. figures de Gravelot, Eisen, Saint-Aubin, mar. r. fil. à comp. doublé de tabis bl. tr. dor. (*Reliure ancienne.*)

---

603. Les Recherches de la France, d'Est. Pasquier. *A Paris, chez L. Sonnius*, 1617. Fort vol. in-4, vélin.

Édition rare.

604. Collection des Chroniques nationales françaises, écrites en langue vulgaire du treizième au seizième siècle, avec notes et éclaircissements, par J.-A. Buchon. *Paris, Verdière, J. Carez*, 1826-28. 47 vol. in-8, demi-rel. veau f. non rognés.

605. Les Grandes Croniques : excellens || faitz | et vertueux gestes : des très illustres | très chrestiens | magnanimes || et victorieux Roys de France. Et tant en la saincte terre de Hierusalem || cõme es pays de Syrie. Sicile. Italie. Espaigne. Alemaigne. Angleterre. Flãdres. Bour||gongne. Et aultres plusieurs telles prouinces | contrees | et regions | Cõposées en latin par || reuerend père en dieu et religieuse personne Maistre Robert Gaguin. En son vivant mi||nistre general de l'ordre de la saincte trinité : docteur en decret | éloquent orateur | et tressame || hystoriographe. Et depuys en lan Christifère Mil cinq cens et quatorze songneusement || reduictes et translatees à la lettre de latin en nostre vulgaire francoys. || A la louãge et gloire de Dieu : et a lhonneur || de tous nobles princes. Ensemble aussi plusieurs additiõs des choses advenues es temps || et regnes des Tres chrestiẽs Roys de frãce. Charles VIII. que Dieu absoule. Et Loys XII. || de ce nom a present regnãt | auquel dieu doint tres bõne vie. || *Avec preuillege du roy nostre Sire.* || *Imprimé a Paris pour Poncet le Preux* || *Marchant libraire demourant en la grant rue Sainct Jaques a lenseigne du loup devãt* || *les Mathurins.* || Pet. in-fol. gothique, fig. sur bois, veau granit. tr. dor. ciselée.

Exemplaire de M. Desq. Première édition, rare, de cette traduction, attribuée à P. Desrey. Ce vol. a 12 ff. prél. et 253 ff. de texte.
Légère piqûre de ver dans la marge extérieure.

606. Le Premier (le second, le tiers et le quart) volume de Froissart, des croniques de france, dangleterre, descoce, despaigne, de bretaigne, de gascongne, de flandres et lieux circonvoisins. (A la fin :) *Imprime a Paris Lan de grace mil cinq cens et dix huyt le xiie iour doctobre pour Jehan Petit...* 4 tomes en 3 vol. pet. in-fol. gothiques à deux colonnes, initiales ornées, mar. la Vall. dent. int. tr. dor. (*Capé.*)

Très-bel exemplaire, grand de marges, de cette édition imprimée pour

Antoine Vérard (le second), François Regnault et Jehan Petit. Rare en cette condition.

607. LE PREMIER (second et tiers) VOLUME DE || ENGUERRAN DE MONSTRELLET || ensuyvant Froissart | Des croniques de France Dangleterre Descoce || Despaigne | de Bretaigne | de Gascongne | de Flandres ꝛ lieux circonvoi || sins. Auecques plusieurs autres nouvelles choses aduenues en Lõbar || die | es ytalles | en Allemaigne Hõgrie Turquie | es terres doultre mer et | autres diuers pays | le tout fait et adjouste auecques la cronique Dudit de || Monstrellet. ¶ *Imprimé à Paris Lan de grace mil.* v. *cens et* XVIII, *le* || XVIe *jour de Mars.* || ¶ *Ilz se vendent a Paris en la grant rue* || *Sainct Jaques a lenseigne Sainct Claude.* || 3 tomes en 1 vol. in-fol. gothique, figures sur bois : Tome Ier, de 8 ff. prél. (sign. *ã*) CCXXXVI ff. (sig. A à z et ꝛ par 9 ff., *aa* à *pp.* par 6 ff. et *qq.* par 4 ff). Tome II, 6 ff. prél. CXLIII et 1 f. blanc (sig. A. X AA à DD par 6 ff. dont le dern. est blanc). Tome III, 8 ff. prél. (sig. *aaa*) et CLXXXII (sig. *b.b.b.* à *zzz* et ꝛꝛꝛ par 6 ff., et *aaaa* à *gggg* par 6 ff., et *hhhh* par 4 ff.), bas. ant. (*Reliure du temps.*)

Bel exemplaire de cette édition rare.

Légères piqûres de vers aux derniers feuillets du volume, dans le coin de la marge extérieure.

608. La Vie de saint Louis, par M. l'abbé de Choisy. *A Paris, chez Ch. Barbin... et D. Horthemels...*, 1689. *Avec privilège du Roy*. In-4, fig. mar. r. fil. (*Rel. anc.*)

Bel exemplaire de Mme DE MAINTENON, à la croix de Saint-Cyr sur les plats de la reliure.

609. Les Routiers au XIVe siècle, les Tard-venus et la Bataille de Brignais, par M. P. Allut. *Lyon, N. Scheuring*, 1859. Pet. in-8, mar. r. fil. dent. tr. dor. (*Capé.*)

610. La Cronique du tres chrestien et victorieux Roy Loys Unziesme du nom (que Dieu absolve), avec plusieurs histoires advenues tant és pays de

France, Angleterre, que Flandres et Artois, puis l'an mil quatre cens soixante et un jusqu'en l'an mil quatre cens quatre vintz et trois. *A Paris, en la boutique de Galliot du Pré,* 1558 (à la fin : 1557). In-8, portrait, mar. vert, fil. tr. dor. (*Reliure ancienne.*)

Édition rare de cette Chronique de Louis XI, plus connue sous le nom de *Chronique scandaleuse.*

Le titre de cet exemplaire a été doublé et restauré dans un coin de la marge du fond, et le feuillet du privilège est doublé.

Ex libris M. Bordes.

611. Le Trespas, Obsèques et Enterrement de très-hault, très-puissant, et très-magnanime François par la grace de Dieu Roy de France, très-chrestien, premier de ce nom, prince clément, père des arts et sciences. Les deux sermons funèbres prononcez esdictes obseques, l'ung à Nostre-Dame de Paris, l'autre à Saint-Denis en France (par du Chastel, euesque de Macon). *De l'impr. de Rob. Estienne, impr. du Roy, s. d.* (1547). In-4, mar. r. jans. dent. int. tr. dor. (*Chambolle-Duru.*)

Bel exemplaire de l'ÉDITION ORIGINALE.

612. Entrée de Charles IX à Paris, le 6 mars 1571. *Paris, Aug. Aubry,* 1858. In-8, de 24 pp. mar. bl. fil. dent. int. non rog. (*Capé.*)

Réimpression tirée à 50 exemplaires. Celui-ci est tiré sur *peau de vélin.*

613. Le Recueil des inscriptions, figures, devises et masquarades ordonnées en l'hostel de ville à Paris, le jeudi 17 de Feurier 1558. Autres inscriptions en vers héroïques latins, pour les images des princes de la chrestienté, par Estienne Jodelle, Parisien. *Paris, André Wechel,* 1558. In-4, mar. r. doublé de mar. ol. riche dorure du XVIe siècle, entrelacs de fil. tr. dor. (*Chambolle-Duru rel., Marius Michel dor.*)

Très-bel exemplaire de ce recueil rare. Hauteur : 230 mil. Splendide reliure. On remarque la signature de Est. Baluze, sur le titre.

614. Les Mémoires de messire Michel de Castelnau, seigneur de Mavvissière et de Concressaut, baron

de Joinville, etc., ausquelles sont traictées les choses plus remarquables qu'il a veües et négotiées en France, Angleterre et Escosse, soubs les rois François II et Charles IX, tant en temps de paix qu'en temps de guerre. *A Paris, chez Claude Chappelet*, 1621. In-4, portr. mar. r. fil. (*Rel. anc.*)

Édition originale. Exemplaire aux armes de Forbin-Janson.

615. Satyre Menippée de la vertu du catholicon d'Espagne et de la tenue des estats de Paris; augmentée de notes tirées des éditions de du Puy et de Le Duchat, par V. Verger, et d'un commentaire historique, littéraire et philologique, par Ch. Nodier. *Paris, chez Delangle et chez Dalibon*, 1824. 2 vol. gr. in-8, figures de Devéria sur chine, demi-rel. avec c. mar. r. fil. éb. (*Thouvenin.*)

Exemplaire SUR GRAND PAPIER JÉSUS VÉLIN, avec figures sur Chine avant lettre.

616. Sermons de la simulée conversion, et nullité de la prétendue absolution de Henry de Bourbon, prince de Béarn, à Saint-Denys en France, le dimanche 25 juillet 1593, par Me Jean Boucher. *Jouxte la copie imprimée à Paris, chez G. Chaudière, R. Niuelle et R. Thierry*, 1594. In-12, vél. à recouvr.

Volume rare et curieux.

617. L'Accueil de madame de la Guiche à Lyon le lundy vingt-sepstesme d'auril MCXCVIII, publié jouxte la copie imprimée à Lyon, la même année, par M. P. Allut. *Et se trouve à Lyon, en la boutique de N. Scheuring*. 1861. In-8, de 72 pp. mar. r. fil. dent. int. tr. dor. (*Capé.*)

Tiré à cent exemplaires.

618. L'Esprit de Sully; avec le portrait d'Henri IV, ses lettres au duc du Sully, et ses conversations avec le même, par Mlle de Saint-Vast. *A Cologne*, 1767. In-12, mar. r. fil. tr. dorée. (*Rel. anc.*)

619. Histoires galantes de diverses personnes qui se sont rendues illustres par leur savoir ou par leur bravoure. *A Amsterdam, aux dépens d'Est. Roger*. In-12, front. gr. veau ant.

620. L'Enlevement innocent, ou la Retraite clandestine de monseigneur le prince avec madame la princesse, sa femme, hors de France, 1609-10, vers itinéraires et faits en chemin, par Claude-Enoch Virey, publié par E. Halphen. *Paris*, *Aug. Aubry*, 1859. In-8, mar. r. fil. dent. int. non rog. (*Capé*.)

Un des DEUX exemplaires sur PEAU DE VÉLIN : provenant de la bibliothèque de M. H. Bordes.

621. Ambassade du mareschal de Bassompierre en Espagne, l'an 1621. — Négociation en Angleterre, l'an 1626. 2 ouv. en 1 vol. — Ambassade du mareschal de Bassompierre en Suisse, l'an 1625. *A Cologne, chez P. de Marteau*, 1668. 2 tomes en 1 vol. in-12, mar. la Vall. jans. dent. int. tr. dor. (*Cuzin*.)

Jolie édition qui s'annexe aux elzeviers. Haut. 133 mill. Ex libris Marigues de Champ-Repus.

622. Les Mémoires de feu M. le duc de Guise (publiés par de Saint-Yon, son secrétaire, précédés de son éloge, par le duc de Saint-Aignan). *A Cologne, chez P. de La Place* (*à la Sphère*), 1668. 2 vol. in-12, mar. vert, dent. sur les plats, tr. dor. (*Simier*.)

C'est cette édition qui se joint ordinairement à la collection des Elsevier. Bel exemplaire. Haut. 135 mill. Ex libris Mar. de Champ-Repus.

623. Mémoires de Henri de Lorraine, duc de Guise. *A Amsterdam*, *chez Th. Lombrail*, 1703. 2 tomes en 1 vol. in-12, portr. mar. r. dent. sur les plats, tr. dor. (*Rel. anc.*)

624. Codicilles de Louys XIII, roi de France et de Navarre. *S. l. n. d.* (A la fin :) *Achevé d'imprimer*

le septième d'aoust, 1643. 3 vol. pet. in-24, mar. r. fil. tr. dorée. (*Rel. anc.*)

Petit ouvrage rare.
Exemplaire ayant appartenu à Girardot de Préfond. Jolie reliure ancienne.

625. Premier (au cinquième) factum de messire Philippe de la Mothe-Houdancourt, contenant les injustes et extraordinaires procédures faites contre luy par les artifices du cardinal Mazarin. *Paris*, 1649. — Manifeste sur les affaires de Catalogne contre les intrigues du cardinal Mazarin. *Paris*, 1649. — Journal des signalées actions de M. de la Mothe-Houdancourt. *Paris*, 1649. 8 part. en 1 vol. in-4, portraits, veau ant.

Ces huit parties réunies sont TRÈS-RARES.
Mouillures.

626. Siècles de Louis XIV et de Louis XV, par Voltaire. *A Paris, de l'impr. de P. et F.-Didot, an XI* (1803). 5 vol. in-12, mar. r. fil. dos orné, dent. int. doré en tête. (*Capé.*)

Très-bel exemplaire sur PEAU DE VÉLIN.

627. L'Alcoran de Louis XIV, ou le testement (*sic*) politique du cardinal Jules Mazarin, traduit de l'italien. *Roma, in casa di Anthonio Maurino*, 1695. Pet. in-12 mar. bl. fil. tr. dor. (*Ginain.*)

Exemplaire provenant des bibliothèques Renouard, P. Desq, et M. de Champ-Repus.
Cachet sur le titre.

628. Mémoires de M. D. L. R. (de la Rochefoucauld), sur les brigues à la mort de Louys XIII, les Guerres de Paris et de Guyenne, et la Prison des princes, apologie pour M. de Beaufort, etc., etc. *A Cologne, chez P. Van Dyck* (*à la Sphère*), 1662. In-12, mar. r. fil. à fr. tr. dor. (*Brany.*)

Cette édition elzévirienne en 400 pages est bien mieux imprimée que celle en 320 pages.
Bel exemplaire de M. Eug. Paillet.
Hauteur : 133 millimètres.

629. Recueil de plusieurs pièces servant à l'histoire moderne. *A Cologne, chez P. du Marteau*, 1663. Pet. in-12, mar. r. dent. sur les plats, tr. dor. (*Anguerran.*)

Ex libris Marigues de Champ-Repus.
Hauteur : 128 millimètres.
Cassure au dernier feuillet.

630. Mémoires de Monsieur de Montrésor. Diverses pièces durant le ministère du cardinal de Richelieu. Relation de Monsieur de Fontrailles, etc. *A Cologne, chez J. Sambix*, 1664. 2 vol. pet. in-12, demi-rel. mar. bl. dos orné, tr. peigne.

Hauteur : 128 millimètres.

631. Mémoires de Colbert, marquis de Torcy, depuis octobre 1699, jusqu'à la fin de juillet 1700. Pet. in-4 réglé, de 235 feuillets, mar. r. large dent. dos orné, tr. dor. (*Rel. anc.*)

Manuscrit entièrement écrit de la main du marquis de Torcy, neveu du grand Colbert et comme lui ministre de Louis XIV. On a publié en 1756 à la Haye (Paris) les Mémoires de cet homme d'Etat pour servir à l'histoire des négociations depuis le traité de Riswick jusqu'à la paix d'Utrecht.

Sur le premier feuillet du présent manuscrit original, on lit : « Ce manuscrit de M. le marquis de Torcy (Colbert), ministre d'État de Louis XIV, a été donné en 1791, par Madame Marie-Félicité Duplessis-Chatillon, comtesse de Narbonne, petite-fille de l'auteur (par sa mère), à M. A.-J. Isambert, tuteur de ses petits-neveux. M. A.-J. Isambert en a fait hommage à M. le comte Beugnot en 1812. »

Aux armes de Colbert, marquis de Torcy.
La reliure est cassée, dans le dos, d'un côté.

632. Vie de Nicolas de Catinat, maréchal de France. *S. l. n. d.* Pet. in-4, mar. r. fil. tr. dor. (*Rel. anc.*)

Manuscrit de 362 pages d'une belle écriture du XVIIIe siècle. C'est une étude fort remarquable qu'on peut appeler les Mémoires de la vie de cet homme illustre. On sait que Catinat brûla ses papiers secrets et les mémoires qu'il avait composés dans sa retraite. L'auteur du présent manuscrit s'empressa de recueillir immédiatement ce qui restait de ses notes et de sa correspondance et des papiers communiqués par la famille et composa ce manuscrit original qui n'a jamais été imprimé.

En tête de ce manuscrit se trouve *un beau portrait de Catinat, au lavis, à l'encre de Chine, et une vignette, dessin du même genre*, reproduisant une anecdote de la vie du maréchal.

633. Rolle de la première compagnie des Mousque-

taires à cheval de la garde du Roi. *S. l. n. d.* In-8, mar. r. larges dent. (*Rel. anc.*)

Beau manuscrit aux armes du Grand Dauphin, fils de Louis XIV. On y trouve les noms de tous les officiers de cette compagnie. Riche reliure.
Provenant de la bibliothèque de M. Van Der Helle.

634. Histoire amoureuse des Gaules, par le comte de Bussi-Rabutin. *Londres* (*Cazin*), 1780. 5 vol. in-18, mar. r. fil. tr. dor. (*Rel. anc.*)

Bel exemplaire rare en cette condition.
Ex-libris Emm. Martin.

635. La France galante, ou Histoires amoureuses de la Cour sous le règne de Louis XIV. *A Cologne, chez P. Marteau, s. d.* 2 vol. in-12, figures, portr. aj. veau f. ant.

636. Les Amours du Roy et de Mademoiselle de la Vallière. In-8, mar. bl. fil. dos orné, non rog. (*Chambolle-Duru.*)

Curieux manuscrit sur papier, du commencement du XVIIIe siècle.

637. Le Sacre de Louis XV, Roy de France et de Navarre, dans l'église de Reims, le dimanche XXV octobre 1722 (rédigé par Danchet). Très-gr. in-fol. planches, mar. r. tr. dor. (*Rel. anc.*)

Exemplaire aux armes de Louis XV. Cet ouvrage est orné de 72 planches splendides, avec les explications gravées et entourées de bordures variées. Le dernier f. donne les noms des peintres et des gravures.

638. Almanach historique de la Révolution françoise, pour l'année 1792, rédigé par Rabaut. *Paris, chez Onfroy, de l'impr. de Didot.* Pet. in-12, front. gr. et figures de Moreau le jeune, veau ant.

639. Révolutions de France et de Brabant, par M. Desmoulins. *S. l. n. d.* 3 vol. in-8, cart.

Numéros 1 à 65 qui forment les trois premiers mois de ce journal; en tête de chaque numéro, se trouve une curieuse gravure.

640. Histoire du système des finances, sous la minorité de Louis XV, pendant les années 1719 et

1720, précédée d'un Abrégé de la vie du duc régent et du Sr Law (par Duhautchamps). *La Haye, P. de Hondt*, 1739. 6 tomes réun. en 3 vol. in-12, mar. r. tr. dor. (*Rel. anc.*)

Sur le plat recto de chaque volume, l'inscription suivante est poussée en or : *Bibliothèque de V. Perdonnet.*

641. Essais historiques sur la vie de Marie-Antoinette d'Autriche, reine de France, pour servir à l'histoire de cette princesse. *A Londres*, 1789. In-8, portr. demi-rel. mar. n. tr. r.

642. Précis historique, généalogique et littéraire de la Maison d'Orléans, avec notes, tables et tableaux, par un membre de l'université (Gabr. Peignot). *A Paris, chez Crapelet*, 1830. Gr. in-8 portr. de Louis-Philippe, sur chine, gr. par Hopwood, mar. r. fil. à comp. dos orné, dent. int. tr. dor. (*Hardy-Mennil.*)

Exemplaire sur GRAND PAPIER JÉSUS VÉLIN.

On a ajouté le prospectus annonçant cet ouvrage sous le titre suivant : *Branche héréditaire complète des Bourbons-Orléans, considerée dans tous ses détails, sous le rapport généalogique, historique et littéraire, avec notes, tables, tableau, et un portrait du Roi, par un membre de l'Université :* Et une note manuscrite ainsi conçue : « *Ce titre est celui que j'avais d'abord donné à l'ouvrage, et il était ainsi annoncé quand M. Crapelet fit part à Louis-Philippe, dans son cabinet, de ce travail. Louis-Philippe ne fut pas content du titre, et lui-même le refit ainsi qu'il est maintenant ; j'aurais autant aimé le mien.* » Signé : G. PEIGNOT.

643. Plan de Paris, commencé l'année 1734, dessiné et gravé sous les ordres de Me Michel-Etienne Turgot, achevé de graver en 1739, levé et dessiné par L. Bretez, grav. par Cl. Lucas et écrit par Aubin. In-fol. 21 planches, mar. r. dent. sur les plats. (*Rel. moderne aux armes de la ville de Paris.*)

Plusieurs planches ont été restaurées.
Exemplaire monté sur onglets.

644. Plan de Paris, commencé l'année 1734, dessiné et gravé sous les ordres de Me Michel-Etienne Turgot, achevé de graver en 1739, levé et dessiné par L. Bretez, gravé par Cl. Lucas, et écrit

par Aubin. *S. l. n. d.* Gr. in-fol. 21 planches, mar. r. dent. sur les plats tr. dor. (*Rel. anc. aux armes de la ville de Paris.*)

Reliure fatiguée. Exemplaire monté sur onglets.

645. Inventaire des titres recueillis par Samuel Guichenon, précédé de la table du Lugdunum Sacroprophanum de P. Bulliaud, et suivis de Pièces inédites concernant Lyon. *Imprimerie de Louis Perrin, à Lyon*, 1851. In-8, figures fac-simile, mar. r. fil. à comp. dent. int. tr. dor. (*Capé.*)

646. Mémoires historiques de la province de Champagne..., par M. Baugier. *A Chaalons, chez Cl. Bouchard*, 1721. 2 vol. pet. in-8, portr. et cartes, veau ant. marb.

Livre rare et recherché.

647. Mémoires concernant l'infanterie dijonnaise, autrement dite : la Mère Folle de Dijon. *Stultis, Stultioribus, Stultissimis*, 1723. Pet. in-fol. mar. r. dent. dos orné, tr. dor. (*Rel. anc.*)

Beau manuscrit du XVIIIe siècle, contenant 190 pages, d'une exécution remarquable, avec plusieurs dessins à la plume et à l'encre de Chine. Il a appartenu à du Tilliot, auteur d'un ouvrage sur la *Fête des fous*, et il a sans doute été exécuté pour lui, car sur la première page se trouvent ses armes, très-bien dessinées à la plume, avec ces mots : *ex museo Joannis Du Tilliot*, 1723, et au bas cette signature : *Joannes Piron delineavit et scripsit, anno* 1724, de la même écriture que le reste du volume.

Sur la garde se trouve la note suivante de la main de Gabr. Peignot : « Cet exemplaire ms. est fort précieux par la beauté des planches dessinées et lavées à l'encre de Chine ; de plus, il est unique, parce qu'il contient à la page 149 un calendrier très-libre, qui n'a jamais été imprimé. » — P.

648. Les Recherches et Antiquitez de la ville et université de Caen, et lieux circonvoisins des plus remarquables, par Ch. de Bourgueville. *A Caen, de l'impr. de Jean le Feure*, 1588, *avec privilège*. 2 part. en 1 vol. in-8 portr. chag. r. fil. à froid, tr. dor.

Contrefaçon publiée en 1703.
Exemplaire trop rogné en tête.

649. Les Grandes Croniques de Bretagne, par Allain Bouchard. *S. l. n. d.* Pet. in-fol. veau marb. non rogné.

Copie manuscrite du XVIe siècle.

650. La Vendée, par le baron de Wismes. *Paris, impr. de Aug. Bry, s. d.* In-fol. titre et planches teintées litho. demi-rel. avec c. chag. r. fil. doré en tête, non rog.

651. La Normandie, par M. J. Janin, illustrée par MM. Fatio, Tellier, Gigoux, Daubigny, Debon, H. Bellangé, Alf. Johannot. *Paris, Ern. Bourdin, s. d.* Gr. in-8. portr. figures sur acier et vig. sur bois, carte, mar. r. fil. dent. int. doré en tête, non rogné. (*Chambolle-Duru.*)

Exemplaire SUR PAPIER DE CHINE. Tiré à quelques exemplaires seulement sur ce papier.

652. LE PARADIS DÉLICIEUX DE LA TOURAINE, qui comprend dans une briefue chronologie des raretez admirables, particulièrement les archeuesques de Tours, et autres choses remarquables, depuis le commencement du monde jusques à présent. OEuvres excellentes, où on voit dans sa briefueté tout ce qui se peut trouver de curieux dans les autres chronologistes, tant de la Touraine que des autres Provinces du monde. Le tout divisé en IV parterres, qui font IV parties. La 1 traitte des beautez, bontez, excellences et priviléges de la royalle ville, Province, Duché de Touraine. La 2 des archeuesques de Tours, et autres personnes illustres depuis S. Gatien jusques à présent. La 3 de l'Estat ecclésiastique, et des lieux sacrez de l'archeuesché de Tours, auec leurs fondations et patronages. Et la 4 des vies, mœurs et miracles des saints et saintes, qui ont fleuri et fructifié dans ce Paradis de délices, par le R. P. F. Martin Marteau de S. Gatien, prédicateur Carme et directeur de l'hospice de Hubert en Ga-

tinois. *A Paris, chez P. du Pont, imprimeur et libraire, rue d'Ecosse proche S. Hilaire*, 1660. *Avec permission, approbation et privilège*, 1660. 65. 2 tomes en 1 vol. in-4, mar. r. fil. tr. dor- (*Capé.*)

Cet ouvrage est très-rare. Le P. Marteau, dans le dernier chapitre du 4e *Parterre*, imprimé en 1661, dit en parlant de la première partie de son livre : « Cette première impression n'estant que comme un essay je n'en ai fait tirer que fort peu d'exemplaires pour mettre à la censure d'un chacun prouveu qu'elle soit charitable. »

Cet exemplaire est surtout remarquable parce qu'il contient la dédicace : *A Monseigneur Nicolas Foucquet, procureur général, surintendant des finances, ministre d'estat, vicomte de Melun et de Vaux, etc.* Cette dédicace est suivie de celle : *A Messieurs les nobles, maires, échevins et bourgeois de l'ancienne, célèbre et royalle ville de Tours*, le tout en 3 ff. signés à-iij. qui, la disgrâce de Fouquet survenant pendant l'impression du livre, furent supprimés et remplacés par 6 ff. signés à par 4 et è par 2, contenant le titre légèrement modifié et daté de 1661 avec la nouvelle dédicace : *A Monseigneur Monseigneur Victor, le Bouthilier illustrissisme et reverendissisme archevesque de Tours, conseiller du roy, dans ses conseils d'estat et privé, etc.* Suivie d'un quatrain : *Sur le portrait de Monseigneur l'archevesque de Tours*, d'un sonnet : *Sur le mesme, et à la louange de Messieurs ses grands vicaires, et de son Secrétaire*, d'un autre sonnet : *Anagramme sur le nom de l'autheur*, et de 5 ff. de table.

653. Chronique de Savoye, revue et nouvellement augmentée, par M. Guill. Paradin, doyen de Beaujeu. Auec les figures de toutes les alliances des mariages qui se sont faicts en la maison de Savoye, depuis le commencement jusqu'à l'heure présente. *A Lyon, par Jean de Tournes, imprimeur du roy*, 1561. *Auec priuilège*. In-fol. titre encadr. et figures de blasons, mar. r. fil. tr. dor.

Exemplaire aux armes de France, court de marges en tête.
Ex libris P. Desq.

654. Le Cérémonial françois, recueilly par Th. Godefroy, et mis en lumière par Denys Godefroy. *A Paris, chez S. Cramoisy*, 1649. 2 vol. in-fol. veau br.

Exemplaire en GRAND PAPIER.

655. Della Historia di Fiandra, di Pietro Cornelio, libri X. Novamente tradotta di spagnuolo in lingua italiana da Camilli. *In Brescia, appresso*

Pietro Maria Marchetti, 1582. In-4, vél. tr. dor.

Exemplaire aux premières armes de J.-A. DE THOU. Jolie reliure en vélin, très-fraîche.

656. Les Plans et Profils des principales villes et lieux considérables du comté de Flandre. Auec les cartes générales et particulières de chaque gouuernement, par le chevalier de Beaulieu. *A Paris. s. d.* In-4 oblong, front. et fig. par Romain de Hooghe, cartes et vues gravées par Perel, mar. r. comp. à la Du Seuil, tr. dor. (*Rel. anc.*)

Bel exemplaire d'un recueil curieux et rare, contenant 81 planches de cartes, plans et vues gravées par Perelle.

657. LES GÉNÉALOGIES et Anciennes Descentes des Forestiers et Comtes de Flandre, avec briéves descriptions de leurs vies et gestes, le tout recueilly desplus véritables, approvées et anciennes Croniques et Annales qui se trouvent par Corneille Martī Zélandoys et ornées de portraicts figures et habitz selō les façons et guises de leurs temps, ainsi qu'elles ont esté trouvées es plus anciens tableaux, par Pierre Baltazar et par lui mesme mises en lumière. *En Anvers, chez Jean-Baptiste Vrints, s. d.* (1598). In-fol. 44 planches de portraits en pied, grav. sur cuivre, y compris le titre front., la dédicace, la carte de Flandre, et une figure allégorique, mar. r. fil. à comp. tr. dor. (*Bauzonnet.*)

Exemplaire provenant de la bibliothèque Yemeniz, couvert de corrections et de notes manuscrites.

658. Mémoires snr la vie et la mort de la Serenissime princesse Louyse Julianne, électrice Palatine, née princesse d'Orange, etc., contenans un abrégé de quelques évènemens notables de nos temps, et de divers mystères qui s'y sont passez. *A Leyden, de l'impr. de Jean Maire*, 1645. In-4, vél. à recouvr.

Joli titre gravé et portrait gravé par V. Dalen, très-belle épreuve. De la bibliothèque de M. Emm Martin.

659. Advis fidelle aux véritables Hollandois, touchant ce qui s'est passé dans les villages de Bodegrave et Swammerdam, et les cruautés inouïes que les François y ont exercés, avec un mémoire de la dernière marche de l'armée du Roy de France en Brabant et en Flandre. *S. l.* (*A la Sphère.*) 1673. In-4, figures de Romain de Hooghe, mar. grenat, fil. dent. int. tr. dor. (*Brany.*)

Ouvrage recherché, orné de curieuses figures. Bel exemplaire, grand de marges.

660. Advis fidelle aux véritables Hollandois, touchant ce qui s'est passé dans les villages de Bodegrave et de Swammerdam, et les cruautés inouïes que les François y ont exercées; avec un mémoire de la dernière marche de l'armée du Roy de France en Brabant et en Flandre (par de Wicquefort). *S. l.* (*à la Sphère*), 1673. In-12, mar. bl. jans. dent. int. tr. dor. (*Cuzin, dorure de Maillard.*)

Cette édition est sortie des presses de Steucker ou de Vlacq, à la Haye.
Hauteur : 131 millimètres.
Ex libris Mar. de Champ-Repus.

661. La Vie et les Actions mémorables du Sr Michel de Ruyter. *A Hambourgh, chez F. Grooten*, 1677. Front. gr. — *Seconde partie :* contenant ce qu'il a fait depuis l'an 1672 jusques à sa mort. *Amsterdam, chez H. et Th. Boom*, 1677. 2 part. en 1 vol. in-12, mar. r. jans. dent. int. tr. dor. (*Cuzin, dorure de Maillard.*)

Bel exemplaire de cette jolie édition elzévirienne.
Hauteur : 131 millimètres.
Ex libris M. de Champ-Repus.

662. Histoire de Florence de Nic. Machiavel, citoien et secrétaire de ladite ville, nouvellement traduicte d'italien en françois par le seigneur de Brinon, gentilhomme ordinaire de la chambre du Roy. *A Paris, chez J. Borel*, 1577. Pet. in-8, mar. r. fil. dent. int. tr. dor. (*Capé.*)

663. Vita di Cosimo di Medici, primo gran duca di

Toscana, descritta da Aldo Manucci. *In Bologna*, 1585. In-fol. de 4 ff. prél. dont 1 blanc, suivis de 2 portraits, de la grandeur des pages, de Cosme Ier et de François de Médicis, son fils, gravés en taille-douce, 148 pp. et 2 ff. l'un blanc et l'autre contenant un errata, titre impr. au milieu d'un beau frontispice gravé, mar. bl. fil. comp. tr. dor. (*Chambolle-Duru.*)

Superbe exemplaire, en **GRAND PAPIER**, de ce livre rare.

664. Le Divorce céleste, causé par les dissolutions de l'épouse romaine, avec un Dialogue entre deux gentilshommes volontaires des ducs de Modène et de Parme, sur la guerre présente d'Italie contre le Pape, et dédié à la simplicité des chrestiens scrupuleux, fidelement traduit d'italien en françois (de Ferrante Pallavicino). *Villefranche* (*Holl.*), *J. Gibault*, 1649. Pet. in-12, mar. r. jans. dent. int. tr. dor. (*Belz-Niedrée.*)

Hauteur : 132 millimètres.
Ex libris Mar. de Champ-Repus.

665. Histoire générale d'Espagne, comprise en XXXVI livres, etc., etc., par Loys de Mayerne Turquet, Lyonnois. *A Paris, chez S. Thiboust*, 1635. 2 vol. in-fol. mar. r. comp. tr. dor. (*Reliure ancienne.*)

Exemplaire réglé et en **GRAND PAPIER**, aux armes de P. Séguier. Sur le dos et sur les plats, aux angles des plats, on remarque les initiales P. S. M. F. (Pierre Séguier, Madeleine Fabri). Ce sont les livres dont Mad. Fabri avait, pendant son veuvage, enrichi la bibliothèque de son époux.

Ex libris sur papier, collé à l'intérieur des volumes, de : *Dominicus Barnabas Turgot*, 1716.

Le tome II a été atteint par l'humidité.

666. Papiers d'État du cardinal de Granvelle, d'après les manuscrits de la bibliothèque de Besançon, publiés sous la direction de M. Ch. Weiss. *Paris, Impr. royale*, 1841-1852. 9 vol. in-4, cart. ou rel. ébarbés.

De la Collection de documents inédits sur l'histoire de France.

Exemplaire de M. GUIZOT.

Les 6 premiers volumes sont reliés en veau fauve, fil., et les 3 derniers sont cartonnés.

667. Histoire politique et amoureuse du cardinal Louis Portocarrero, archevêque de Tolède; nouvelle édition, augmentée et continuée jusqu'à la mort de ce fameux cardinal. *A Amsterdam et à Leipzig, chez J. Schreuder et P. Mortier*, 1756. In-12, portr. veau ant. marb.

Livre curieux et rare avec le portrait en pied qui se trouve dans cet exemplaire.
De la bibliothèque de M. Emm. Martin.

668. Histoire de l'état présent de l'Empire ottoman. *A Paris, chez Séb. Mabre-Cramoisy*, 1670. In-4, front. gr. et figures, dans le texte, de Séb. Le Clerc, mar. r. fil. tr. dor. (*Reliure ancienne.*)

669. Description des Indes occidentales, qu'on appelle aujourdhuy le nouveau monde, par Antoine de Herrera, grand chroniqueur des Indes et chroniqueur de Castille, translatée d'espagnol en françois, à laquelle sont adjoustées quelques autres descriptions des mesmes pays, avec la navigation du vaillant capitaine de mer Jaques le Maire et de plusieurs autres. Le contenu de cest œuvre se voit en la page suyvante. *A Amsterdam, chez Emmanuel-Colin de Thovoyon, marchand libraire, et on le vent à Paris, chez Michel Joly, rue St Jaques, à Limage Saint Martin, anno* 1622. *Avec privilège*. In-fol. front. gr. cartes, fig. et plans, mar. r. fil. tr. dor. (*Chambolle-Duru.*)

Très-bel exemplaire de cet ouvrage rare.

670. *Scherchi Asrar*, ou l'Explication des mystères, de Nizami. In-8, rel. orient. en mar. doublé de chag. r.

Beau manuscrit persan, sur papier du pays. Il est très-bien conservé.

671. Description de l'Egypte, ou Recueil des observations et des recherches qui ont été faites en Egypte pendant l'expédition de l'armée française (ouvrage publié sous la direction de M. Jomard). *Paris, Impr. imp.* 1809-13, *et Impr. roy.*, 1818-

28. 9 vol. de texte et 14 vol. de planches. Ens. 23 vol. cart. rel. non rognés.

Édition originale de ce magnifique ouvrage, publiée en 9 vol. in-fol. de texte, format ordinaire ; savoir :

1° Antiquités. — Description, 2 vol.
2° Antiquités. — Mémoires, 2 vol.
3° Etat moderne, 2 tomes en 3 parties.
4° Histoire naturelle, 2 vol.

Indépendamment de ces 9 vol., l'ouvrage comprend des parties de texte en papier jésus de la même grandeur que les planches ordinaires. Ces parties sont : une préface, deux avertissements et les explications des planches ; ces parties sont réunies ici en 1 vol. Les planches sont au nombre de 894, non compris 31 que contiennent les vol. de texte. Il y en a 123 en plus grand format que le papier jésus, 5 sur grand-monde, et 19 de format dit grand-égypte. Toutes ces planches et cartes sont reliées en 10 vol. format jésus, et en 3 vol. format grand-aigle ou grand-monde.

Cette première édition a l'avantage de contenir les premières épreuves des planches, et d'avoir des planches tant d'antiquités, que d'histoire naturelles, coloriées avec le plus grand soin, et qui sont restées en noir dans la seconde édition.

672. Le Blason des || couleurs en Armes | Liurees | et Deuises. || Sensuyt le liure très-vtille et subtil || pour sçavoir ꝛ cognoistre dune ꝛ chas || cune couleur la vertu ꝛ ppriété. En || semble la manière de blasonner les- || dictes couleurs en plusieurs choses pour aprã || dre a faire liurees | deuises | et leur blason | Nou || uellement imprimé a Paris. || ¶ *On les vend à Paris en la rue Neu || fve Notre Dame a lenseigne Saint Nicolas.* || *S. d.* Pet. in-4, gothique, fig. en coul. vél.

673. Stephani Nigri viri eruditis. dialogus, quo quicquid in græcarum literarum penetralibus reconditum quod ad historiæ veritatem, ad fabularum oblectamenta... conferre quoquo modo possit. His accedunt Philostrati heroica ab eo latinitati donata. *Mediolani in officina Minutiana*, 1517. In-fol. réglé, mar. bl. fil. tr. dor. (*Pasdeloup.*)

Première édition, très-rare, de ce livre dédié à J. Grolier : outre la dédicace en prose, en deux pages, il se trouve en tête du volume quinze vers adressés au célèbre bibliophile.

Bel exemplaire aux armes et aux chiffres du comte *d'Hoym*. Il provient de la vente Potier, 1870.

674. Relation contenant l'histoire de l'Académie

françoise (par Pellisson). *A Paris, chez A. Courbé,* 1653. In-8, pap. de Holl. veau f. fil. dos orné, tr. dor. (*Capé.*)

Édition originale. Rare.

675. Histoire de l'Académie royale des inscriptions et belles-lettres, depuis son establissement jusqu'à présent. *A Paris, Impr. roy. et imp.*, 1739 à 1808. 50 vol. in-4, mar. r. fil. tr. dor. (*Reliure ancienne aux armes de France sur les plats.*)

Les armoiries des tomes 1 à 13 ont été renouvelées, et elles ne se trouvent pas sur les six derniers volumes (tomes 44 à 50, années 1793 à 1808).

676. Nouveau Traité de Diplomatique, où l'on examine les fondemens de cet art : on établit des règles sur le discernement des titres, et l'on expose historiquement les caractères des bulles pontificales et des diplomes donnés en chaque siècle : avec des éclaircissemens sur un nombre considérable de points d'histoire, de chronologie, de critique et de discipline ; et la réfutation de diverses accusations intentées contre beaucoup d'archives célèbres, et surtout contre celles des anciennes églises, par deux religieux Bénédictins de la Congrégation de S. Maur (D. Ch.-Fr. Toustain et D. Tassin). *A Paris, chés Guill. Desprez et P. Guill. Cavalier*, 1750. 6 vol. in-4, planches, veau f. ant.

Exemplaire sur GRAND PAPIER.

On y a joint une lettre autographe de D. Tassin, l'un des auteurs, lettre dans laquelle il est question de J.-J. Rousseau.

677. L'Antiquité expliquée et représentée en figures, par dom Bernard de Montfaucon. *A Paris*, 1722. 5 tomes en 10 vol. in-fol. front. gr. par Séb. Le Clerc, portrait gr. par Audran, d'après Largillière, et planches, veau ant.

La première partie du tome premier a des mouillures dans les marges intérieures.

678. **Admiranda Romanorum antiquitatum de veteris sculpturæ vestigia anaglyphico opere elabo-**

rata ex marmoreis exemplaribus quæ Romæ adhuc extant in Capitolio, ædibus hortisque virorum principum ad antiquam elegantiam a Petro Sancti Bartolo delineata incisa. In quibus plurima ac præclarissima ad Romanam historiam ac veteres mores dignoscendos ob oculos ponuntur. Notis Jo. Petri Bellorii illustrata. *Romæ, ac typis edita et Joanne Jacobo de Rubeis....., anno* 1693. In-fol. oblong, 84 planches, mar. vert, dos orné, fil. tr. dor. (*Chambolle-Duru.*)

Très-bel exemplaire.

679. Inscriptions antiques de Lyon, reproduites d'après les monuments ou recueillies dans les auteurs, par Alph. de Boissieu. *Lyon, impr. de L. Perrin*, 1846-1854. Gr. in-4, figures dans le texte, mar. la Vall. milieu doré, large dent. int. tr. dor. (*Capé.*)

680. Ezechielis Spanhemii..., dissertationes de præstantia et usu numismatum antiquorum. *Londini, R. Smith*, 1706. 2 part. en 1 vol. in-fol. joli portr. gr. par P. a Gunst, d'après B. Arland, et figures de médailles, mar. r. fil. comp. dos orné, tr. dor.

Très-bel exemplaire sur GRAND PAPIER aux armes de Colbert (J.-B.), marquis de Torcy, mort en 1746.

681. Choix des pierres gravées du cabinet impérial des antiques représentées en XL planches décrites et expliquées par M. l'abbé Eckhel. *A Vienne en Autriche*, 1788. Pet. in-fol. planches, mar. r. dent. tr. dor. (*Reliure ancienne.*)

Bel exemplaire portant sur le titre la signature de DENON.

682. Recueil général des pièces obsidionales et de nécessité, gravées dans l'ordre chronologique des évènemens, avec l'explication, dans l'ordre alphabétique, des faits historiques qui ont donné lieu à leur fabrication : à la suite desquelles se trouvent plusieurs pièces curieuses et intéressan-

tes, sous le titre de Récréations numismatiques, par feu Tobiesen Duby. *A Paris, Debure,* 1786. Gr. in-4, planches de médailles, mar. r. fil. tr. dor. (*Rel. anc.*)

683. Discours sur les médailles et gravures, principalement romaines. Plus une exposition particulière de quelques planches ou tables estant sur la fin de ce livre, esquelles sont monstrées diverses médailles et gravures antiques, rares et exquises, par M. Ant. Le Pois. *Paris, Mamert-Patisson,* 1579. In-4, planches de médailles, cuir de Russie, fil. tr. dor. (*Rel. anc.*)

Bel exemplaire d'un bon ouvrage, peu commun.

684. La Cassette de saint Louis, roi de France, donnée par Philippe le Bel à l'Abbaye au Lis, reproduction en or et en couleurs, grandeur de l'original, par les procédés chromolithographiques, accompagnée d'une notice historique et archéologique sur cette œuvre remarquable de l'art civil au moyen âge, par Edmond Ganneron. *Paris, de l'impr. de J. Claye,* 1855. In-fol. planches en chromo, demi-rel. avec c. mar. r. doré en tête, non rog.

685. Voyage bibliographique, archéologique et pittoresque en France, par le Rév. Th. Frognall Dibdin, traduit de l'anglais, avec des notes, par Théod. Licquet. *A Paris, chez Crapelet,* 1825. 4 vol. gr. in-8, demi-rel. avec coins, veau r. non rognés.

Exemplaire sur GRAND PAPIER VÉLIN. Rare.
De la bibliothèque de M. Emm. Martin.

686. Album de reliures, recueil de cent planches avec notes, par le bibliophile Julien. *Paris, Bachelin-Deflorenne,* 1873. 2 vol. in-4, planches en noir et en coul. montées sur onglets, demi-rel. mar. r. dor. en tête, éb.

SUPPLÉMENT.

687. Recueil d'Airs et de Danses, les airs par M. Lahante aîné, maître de danse, et les figures par M. Landrin, compositeur des traits des contredanses. *Paris, Lahante et Landrin, s. d.* Gr. in-8, mar. vert. dos orné, fil. doublé de tabis, tr. dor. (*Reliure ancienne avec armoiries sur les plats.*)

Aux armes d'*Anne-Claude-Louise* d'Arpajon, duchesse de MOUCHY, née le 4 mars 1729. Elle avait épousé *Philippe* de Noailles, pair et maréchal de France, duc de Mouchy. En raison des services rendus par sa famille à l'ordre de Malte, la duchesse de Mouchy avait été créée grand'croix dudit ordre; de là, la croix placée sous ces armes, et celle qui figure en cœur sur son écu, accolé à celui de son mari. Les deux époux, condamnés à mort par le tribunal révolutionnaire, furent exécutés le même jour, 27 juin 1794 : elle âgée de 66 ans; lui, de 79. (Joannis Guigard.)

688. LE MUSÉE ROYAL, publié par H. Laurent, avec des descriptions par Visconti, Laurent et le comte de Clarac. *Paris*, 1816-12. 2 vol. in-fol. maximo, demi-rel. *non rognés*.

Très-bel exemplaire. Épreuves avant la lettre. Parfaitement complet et renfermant même dans le 1er volume des feuillets doubles de texte offrant des variantes; qq. taches de rousseur dans le papier.

TABLE DES DIVISIONS.

ORDRE DES VACATIONS

Première vacation. — Lundi 26 Janvier 1880.

Belles-Lettres	245 — 290
Histoire	573 — 687
Musée royal (avant la lettre)	688

Deuxième vacation. — Mardi 27 Janvier.

Théologie	1 — 77
Romans, Facéties, Polygraphes	438 — 572
Collection du Dauphin (*Derome*)	570

Troisième vacation. — Mercredi 28 Janvier.

Théologie, Jurisprudence, Sciences et Arts	78 — 175
Livres à figures, Musique	210 — 244
Théâtre	422 — 437
Poètes, Théâtre	388 — 420
Molière, 1773. 6 vol. maroquin ancien	421

Quatrième vacation. — Jeudi 29 Janvier.

Beaux-Arts, Livres à figures	176 — 209
Poètes français	291 — 386
Chansons de La Borde	387

Paris. — Typ. G. Chamerot, 19, rue des Saints-Pères. — 8952.

RED. :

21

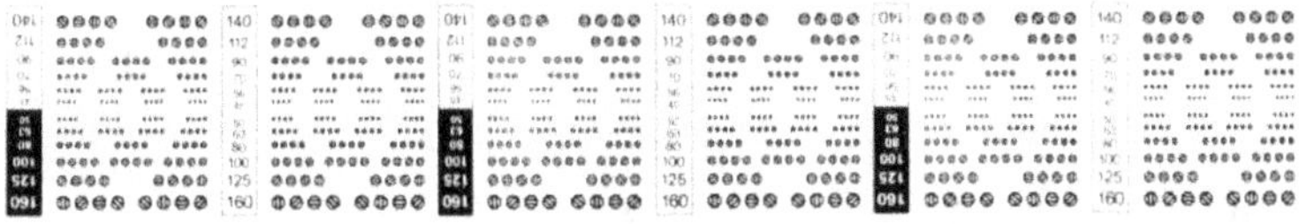

www.ingramcontent.com/pod-product-compliance
Lightning Source LLC
LaVergne TN
LVHW020314230826
846091LV00003B/671

* 9 7 8 2 3 2 9 2 3 2 4 1 6 *